DREAM IS NOW HERE

도서
출판 문장

DREAM IS NOW HERE

1판 1쇄 인쇄 2024년 3월 30일
1판 1쇄 발행 2024년 4월 7일

발행처 도서출판 문장
발행인 이은숙

등록번호 제2015-000023호
등록일 1977년 10월 24일

서울시 강북구 덕릉로 14(수유동)
전화 02-929-9495
팩스 02-929-9496

DREAM IS NOW HERE

2024

도서출판 문장

차례

3부
초대
문인

ST
예술
가상

수상시인
오만환

문학의 힘을 믿으며

문학은 우리의 꿈과 희망을 빛나게 하는 창이다.

이 소중한 창을 통해 우리는 무한한 가능성과 새로운 세계를 발견한다.

내면에서 피어나는 꿈과 희망을 만날 수 있다.

그럼으로써 우리의 삶을 더욱 풍요롭고 의미있게 가꿀 수도 있으리라.

이번 문집은 바로 그런 문학의 힘을 향한 믿음을 담고 있다.

여기에 수록된 작품들은 다양한 저자들의 상상력과 창의력을 통해 탄생한 것이며, 꿈과 희망을 주제로 한 다양한 이야기들을 담고 있다. 우리가 직면하는 어려움과 도전에도 불구하고 우리 안에 피어나는 꿈을 잊지 않길 기원한다. 장애를 가진 사람들, 교육자, 강사, 작가들 그리고 모든 이들에게 용기와 영감을 전해주고 싶다. 그것이 이 문집에 다양한 삶의 현장에서 노력하는 사람들의 작품들을 모은 이유다.

작품들을 통해 서로 다른 시선으로 세상을 바라보고, 우리의 내면에 잠재되어 있는 희망의 빛을 발견할 수 있다. 우리가 마주하는 현실의 어려움에도 불구하고 꿈을 이루고자 하는 열망을 보았다. 그것은 곧 용기로 이어지리라 믿는다.

이 문집이 서로의 꿈과 희망을 나누는 공간이었으면 좋겠다. 그것은 곧 서로를 이해하고 지지하는 과정일 것이며 우리를 엄혹한 시대에 좀 더 강하게 만들 것이기 때문이다.

이 네 번째 문집을 통해 독자들이 자신 안에서 빛나는 꿈을 가꾸어 나가길 기원한다. 수고한 동인들에게 깊은 감사를 전한다.

2024년 신춘에 편집위원 일동

강민아 권미정 김경림 김
옥 김춘희 김홍필 나영
김광섭 김대희 김용한 김
필 강민아 권미정 김경
김정옥 김춘희 김홍필
경림 김광섭 김대희 김용
나영원 강민아 권미정 김
한 김정옥 김춘희 김홍
김경림 김광섭 김대희 김
필 나영원 강민아 권미
김용한 김정옥 김춘희 김
정 김경림 김광섭 김대
김홍필 나영원 강민아 권

1부

강민아
권미정
김경림
김광섭
김대희
김용한
김유정
김정옥
김춘희
김홍필
나영원

내 마음의 별

강민아

"우와, 별이다!"

여섯 살 딸아이가 내복 차림으로 안방 창문에 달라붙어 밤하늘을 올려다보며 외쳤다.

"어디? 앗, 오늘은 보름달 떴다! 언제는 손톱달이었고, 또 언제는 반달이었는데. 엄마, 달은 매일 모양이 바뀌는데 왜 별은 그대로인 거야?"

아홉 살 아들도 잠을 자려고 머리맡에 벗어 두었던 안경을 다시 쓰고는 창문턱으로 다가가 말했다.

"글쎄. 별은 너무 작아서 변하는 것을 우리가 눈치채지 못하는 게 아닐까? 늦었다, 얘들아. 어서 자리에 누워. 내일 지각하지 않으려면 일찍 자야지."

나는 살짝 열어두었던 창문을 닫고 커튼을 치며 아이들을 채근했다.

"엄마, 근데 아빠는 맨날 언제 집에 오는 거야? 아빠 보고 싶은데."

"엄마도 너희랑 꿈나라에 같이 가니까 당연히 모르지."

별안간 시무룩해진 딸의 얼굴을 쓰다듬으며 대답했다. 야근이 일상인 남편의 얼굴을 평일 저녁에 보기란 그야말로 하늘의 별 따기다. 아이들은 아빠가 빠진 세 식구의 저녁 풍경이 익숙하면서도 꼭 자려고 누우면 아빠 생각이 나는 모양이다.

아이들과 함께 일찍 잠자리에 드는 내겐 오늘 일을 내일로 미루는 몹쓸 습관이 생겼다. 새벽 네 시에 일어나 전날 밤 쌓아둔 식기를 설거지하고, 어지럽혀진 거실을 치우고, 아이들의 책가방을 정리한 후 비로소 독서와 글쓰기 시간을 가진다. 남편도 그러한 나의 새벽 풍경을 파악했는지 지침이나 전달 사항이 있으면 야심한 시각에 별안간 나를 깨우는 대신 내 책상 위에 살포시 메모지 한 장을 올려놓고 잠든다. 예를 들어 서명한 집세 계약서나 아이의 학교에 제출해야 할 부모님 동의서, 혹은 처방전에 명시된 약이 담긴 약국 봉투 등에 그것의 명칭이나 복용법을 적은 가장 작은 크기의 포스트잇을 나는 남편의 메모라 부르는 것이다.

자고로 부부는 달라야 잘 사는 법이라 하였듯 정반대 성향을 띤 남편과 내가 부부의 연을 맺어 이국땅 러시아에서 둥지 산 지 올해로 십 년이다. 연애 시절 여느 연인들처럼 우리도 그 당시 유행했던 사주 카페에 가서 각자의 사주와 궁합을 본 적이 있다. 그때 들었던 사주 풀이는 결혼식 주례사에 버금갈 정도로 인상 깊었다.

"여자가 불이고, 남자가 물의 사주네. 둘이 아주 천생연분이야. 서로의 약한 점을 보해주고, 과한 점을 덜어주어 균형을 맞춰주니 말이지. 이 여자분이 남자분의 얼음장처럼 차가운 마음에 군불을 지펴주고, 남자분은 여자분의 활활 타오르는 감정에 찬물을 끼얹어 밍근하게 만들어 주거든. 둘이 결혼하면 잘 살 거야."

실제로 남편은 직장 상사에게 바늘로 찌르면 파란 피가 나올 것 같다는 소리를, 나는 친구들에게 눈물이 헤프고 정이 과하다는 소리를 자주 들었다. 나였다면 메모에 따뜻한 말이라도 한 줄 적을 법한데 남편의 메모는 언제나 서늘하다. 메모지를 늘 붙이는 것을 보면 결코 무심하다고 할 수는 없는 남자였지만, 로맨틱과는 확실히 거리가 먼 남편이었다.

작년 봄날의 일이다.

그날 새벽에는 꽤 수상한 물건이 놓여 있었다. 엄밀히 따지면 내 책상 위가 아니고 식탁 위였다. 퇴근한 남편이 식탁 위에 가끔 올려놓는 물건은 한식당 배달 음식에 딸려 온 상추꾸러미가 전부였다. 그것은 그의 늦은 귀가 시간에도 유일하게 잠들지 않은 우리 집 달팽이를 위한 특별 야식이었다. 그러나 이번에는 매우 낯선 물건이었다. 이것은 달팽이를 위한 것도, 나를 위한 것도 아니란 것을 직감했다. 'FRENCH KISS'라는 고급 초콜릿 가게 상호에 구미가 당겨 쇼핑백 안을 슬쩍 엿보았다. 속이 들여다보이는 상자에는 군침이 도는 초콜릿과 비스킷이 올망졸망 담겨 있었다. 아무런 메모도 붙어 있지 않고 덩그러니 놓인 까닭에 궁금증만 더 증폭되었다. 아무 날도 아닌데 그이가 나를 위해 사올 리는 만무하고, 그렇다면 누가 우리 남편에게 이걸 선물했을까.

도대체 무슨 이유로.

아침이 되자 남편이 일어나 물을 마시러 부엌으로 나왔다. 남편의 기척에도 웬만하면 의자에서 궁둥이를 떼지 않던 평소와 달리 나는 쫄래쫄래 부엌으로 그를 따라 들어갔다.

"이거 우리 회사 막내가 사 온 거야. 새벽에 글 쓰면서 하나 먹지 그랬어."

나의 의중을 눈치챘는지 남편이 물을 벌컥벌컥 마신 후 먼저 말했다.

"내 것도 아닌데 어떻게 주인장 허락도 없이 먼저 먹어. 아니 근데 막내가 이런 걸 당신한테 왜 선물했어?"

남편이 쇼핑백에서 꺼낸 초콜릿 상자를 가리키며 내가 대꾸했다.

"올해가 나 근속 십 주년이잖아. 회사 창립일 기준으로 따지기 때문에 내 입사 시기는 이천십삼 년 일월이지만, 근속 십 주년 축하는 어제 받았어."

겨우내 추위를 이겨내고 연둣빛 새싹이 돋아나는 오월이었다. 나는 그 순간 할 말을 잃었다. 만감이 교차했고, 고작 두 계절을 겪고 관뒀던 나의 짧았던 직장생활이 뇌리를 스쳤다.

"여보, 그 막내가 마누라보다 낫네. 내가 직장생활을 길게 안 해봐서 이런 것을 챙겨줄 생각조차 미처 못했네. 그렇지, 내가 내년 일월이면 모스크바에 온 지 딱 십 년 되는 해니까 당신은 올해가 십 년이네. 얘기 들으니깐 갑자기 정말 미안하네, 당신한테."

나는 남편의 엉덩이를 톡톡 두들기며 기어들어가는 목소리로 말했다.

"나는 막내한테 이런 걸 네가 왜 챙기느냐고 한소리 했는데? 이런 거 앞으로는 사오지 말라고."

"뭐하러 그렇게 말했어. 막내도 당신처럼 십 년 잘 버티면 그때 당신이 챙겨주면 되지. 내가 요리를 잘하거나 집이라도 좀 깨끗해야 집으로 초대를 할 텐데. 올가을에 절임 배추랑 조선무 나오면 김치를 다시 도전해봐야겠다. 아무튼, 마음이 참 고맙고 예쁘네."

금세 아침이 밝아왔다. 우리 부부는 서둘러 아이 등교와 출근 준비를 하느라 더는 대화를 나눌 수 없었다. 아침상을 치우고, 남편과 아들이 함께 집을 나섰다. 나는 커피포트에 물을 올렸다. 남편은 내가 마음 편히 먹을 수 있도록 초콜릿 상자 덮개를 열어 먼저 하나를 꺼내 맛보고 갔다. 포장이 뜯긴 초콜릿 상자를 바라보다가 그중 가장 달콤해 보이는 초콜릿 비스킷을 꺼내 차와 한 입 베어 물었다. 참 부드럽고 달고 맛있었다. 유치원생 딸아이가 꿈나라에서 헤어 나오지 못하여 내게 주어지는 오전의 망중한. 나는 십 년에 대한 상념에 사로잡혔다.

십 년. 남편이 양국의 이질적인 근무 환경 속에서 한국인, 러시아인과 한 데 섞여 일한 지 십 년이 되었다는 사실이 새삼 낯설고 대단했다. 그의 신입사원 시절은 그와 내가 결혼을 앞두고 장거리 연애를 했던 일 년의 시간이었다. 나는 예비 신랑 대신 친정엄마와 예비 시어머니를 양옆에 나란히 끼고 결혼과 관련된 모든 것을 준비했다. 외국인 신분으로 러시아에서 장기 체류를 하려면 비자가 필요하였으므로 나는 남편의 배우자 신분으로 함께 비자를 받아야하는 상황이었다. 그러한 까닭에 아직 식도 올리지 않았던 나는 홀로 동사무소에 가서 혼인 증명서를 신청하고 발급받아 기혼자가되었다. 그처럼 홀로 결혼을 감당해야 하는 날이면 여섯 시간의 시차를 염두에 두고 그의 퇴근 시간만을 기다렸다. 새벽 두 시까지 좋아하는 라디오 프로그램을 다 듣고 나서도 삭히지 못한 울적한 마음을 그에게 전화로 털어놓았다. 그러나 아무것도 해줄 수 없는 남편이었고, 일방적으로 하소연한다고 한들 풀어질 것도 아니었기에 나는 언제부턴가 입을 다물었다.

  그렇게 시간을 거슬러 올라가 보니 남편과 6년의 연애 시절 중 가장 고독하고 음울했던 일 년에까지 다다랐다. 단 한 번도 그 시간을 남편의 처지에서 헤아려 본 적이 없었다. 언제든 그 시기를 떠올리면 나만 힘들고 억울하고 속상했다는 불쾌한 감정에 휩싸여 일부러 잊고 살았던 시절이기도 했다. 총각으로서의 신입사원 시절. 대학원 공부를 마치자마자 홀로 타국으로 떠나 처음 직장생활을 시작한 서른 살의 내 남편. 부모와 약혼자를 뒤로 한 채 혈혈단신이 되어 모든 것으로부터 독립한 내 사람의 첫 사회생활이 그 당시에도, 이후에도 내 안중에는 없었던 것이다. 십 년을 한 자리에서 일해 온 남편의 시작이 이제야 자못 궁금하고, 당시의 그도 안쓰럽게 여겨졌다.

  십 년의 세월 동안 남편은 인륜지대사를 겪으며 성장했다. 근무 1년 차에 결혼하여 가정을 이루었고, 그다음 해 아이 아빠가 되었다. 이곳에서 아이의 돌잔치를 치르진 않았지만, 한국에서 돌잔치를 하고 러시아로 돌아오며 아이의 이름이 새겨진 새하얀 수건을 챙겨와 회사 내 모든 한국인 직원에게 돌렸다. 그날 밤 남편이 내게 겹겹의 봉투를 건넸다. 남편이 회사에서 받아온 봉투에 찍힌 축의금 글자를 보는데 불쑥 친정아버지 생각이 났다. 어린 시절 아버지께서 결혼식장에 가실 때면 내게 새하얀 봉투에 '축의금(祝儀

金)' 도장을 찍는 심부름을 시키셨다. 봉투 안에 현금을 넣는 아버지를 보며 어른들의 세계는 복잡하고 어렵다고 여겼었다.

'아, 이 사람은 여기서 사회생활을 하고 있구나. 그는 어른이 되어 가고 있는 게 분명해.'

축의금 봉투를 보물 상자에 넣으며 남편에게 당신이 부럽다고 말했던 장면이 지금도 선명하다. 이곳에서는 아무도 나의 존재를 모르며 나의 성장에 관심과 축하를 보내주는 이가 단 한 사람도 없다고. 러시아에서 그 무렵의 내게는 대화 상대가 오직 남편뿐이었다. 비록 친구가 아닐지라도 함께 일하고 경조사를 챙기는 직장 동료가 있는 그가 내심 부러웠다.

남편은 총각에서 두 아이의 아빠로, 나아가 아기 아빠에서 학부모로 변모하는 세월 동안 가족에게 흔들림 없는 튼실한 울타리가 되어주었다. 그와 동시에 사회 초년생 시절부터 이곳에서 현지 사정을 파악하며 업무를 익히고, 맡은 바 책무에 늘 온 힘을 다하는 남편이었다. 아내로서 나는 그가 회사에서도 든든한 재목으로 자리매김하였다고 자부할 수 있다. 지금의 한국이라면 엄두도 못 낼 정도의 딱딱하고 엄격한 상하 구조와 과도한 업무량, 그리고 잦은 야근과 회식을 하던 십 년 전 그 시절부터 지금까지 남편은 자신이 선택한 길을 투정 한 번 없이 묵묵히 걸어가고 있다. 예전에 비하면 사내 분위기가 세련되고 복지가 향상되었지만, 남편의 직급이 점차 올라가고 회사가 확장되며 그만큼 막중해진 책임감으로 업무량은 폭발적으로 더 늘어나고 말았다. 가족여행에서조차 노트북을 켜고 일하는 아빠를 딱히 여겨 아들은 자신의 방학을 떼어주고 싶다고 말한다. 주말에 맛있게 저녁을 먹다가도 전화 한 통에 부랴부랴 출근하는 모습을 보며 아빠가 가엾다고 딸아이는 엉엉 운다. 어린 자녀를 달래며 기실 남편의 노고가 헛되지 않도록 나도 허투루 살면 안 되겠다고 마음을 다졌던 날이 쌓이고 모여 오늘에 이르렀다.

남편은 자신의 십 년을 어떻게 정의할까.

근속(勤續). 부지런할 근, 이을 속.

십 년 동안 남편이 사표를 던지고 싶다는 말을 통틀어 입에 딱 두 번 담았다. 그날의 남편을 절대 잊지 않고 늘 가장 가까운 곳에서 사랑을 담뿍 담아 응원해줘야겠다고 다짐한다. 코로나로 흠씬 앓았던 보름 이후 처음 식탁 앞에 마주 앉아 식사를 마친 그가 그간 밀린 일로 남들에게 폐를 끼치면 안 된다며 자발적으로 주말 내리 출근하는 뒷모습을 보며 삼켰던 눈물도 잊지 않기로 한다. 남편의 근면 성실한 태도와 책임감 있는 자세를 존경한다. 덧붙여 그의 일터가 어지러운 시국에도 잘 버텨주어 그저 감사할 따름이다.

이천이십사 년 일월 십일 일.

칠십여 년 만의 맹추위가 위용을 떨치는 모스크바에서 우리 부부는 결혼 십 주년을 맞이했다. 십 년이라는 숫자로 지나온 세월을 잘게 나눌 수 없을 만큼 우리 부부는 거대한 운명의 수레바퀴에 몸을 싣고 한 덩어리가 되어 현재에 당도했다. 팬데믹으로 인한 록다운과 우크라이나 전쟁을 겪기 전에는 나의 일신, 사랑하는 너와 내가 함께 일군 우리 가족만을 생각하며 안일하게 살았다. 그러나 인생에서 흔하게 겪을 수 없는 거대한 역사의 흐름에 휩쓸려 좌절과 시련의 시간 속에서 허우적거린 끝에 마침내 바닥을 딛고 일어나 의연하고 담대한 자세를 취할 줄 아는 사람으로 우리는 함께 성장했다. 이제 우리의 사랑은 달뜬 분홍빛이 아니라 옹골차고 단단한 푸른빛이다.

"당신 하나 믿고 러시아에 와서 함께 오순도순 십 년을 살았네. 백년가약을 맺었으니 앞으로의 구십 년도 잘 부탁해요."

남편의 넓은 등을 쓸며 말한다.

"우리 결혼 십 주년이면서 민아 너한테는 오늘이 아내이자 엄마로서 근속 십 주년이네. 타국에서 두 아이 낳고 이만큼 키우느라 고생했어. 사랑해."

남편이 힘껏 나를 안으며 화답한다.

너무 뜨겁지도, 차갑지도 않은 훈김을 내뿜는 별 하나가 까만 밤하늘에 다이아몬드처럼 반짝인다. 나는 그 별을 따서 내 가슴에 아로새긴다. 십 년, 세월 참 빠르다.

프로필

- 경기도 부천 출생
- 성균관대학교 국어국문학과 졸업
- 이스타항공 기내지 〈EASTAR JET〉 기자
- 음식전문잡지 〈하니브로〉 개간 및 수석기자
- 현 러시아 모스크바 거주중

오로라 가는 길

권 미 정

여행은 인생에서 삶의 질을 높이는 중요한 챕터를 차지한다.

아이슬란드인 60% 이상이 요정 엘프(Huldufólk: 숨어있는 사람들)의 존재를 믿고 있다고 들었다. 한 예로 아이슬란드 수도 레이캬비크에서 도로공사를 하면서 엘프가 살고 있을지도 모르는 큰 바위를 통과하는 설계가 나오자 이를 막기 위해 시민들이 소송을 제기했다는데, 평상시에는 착한 요정들이지만 그들의 생활권인 바위나 절벽을 건드리게 되면 반드시 보복할 것이라고 믿기 때문이라고 한다. 오랜 법정 투쟁 끝에 결국 바위를 옮긴 후에야 공사를 진행할 수 있었다고 하는데, 우주를 여행하고 AI가 정보를 주는 4차 혁명시대에 이런 전설을 믿는 사람들이 살고 있는 나라는 어떤 곳일지 호기심이 생겼다.

이렇게 엘프가 존재하는 세상. 오로라를 볼 수 있는 얼음과 불의 나라 아이슬란드는 계획 중인 여행지들 사이로 슬그머니 끼어들었다.

낯설고 시골스런 나라를 가려면 뉴욕, 도쿄 등의 대도시 여행과는 달리 이동경로, 항공, 차량, 출발일. 체류 기간 그리고 경비 등 철저한 준비가 필요하다. 여행의 시작은 오로라를 볼 수 있는 마지막 시즌인 4월로 결정했다.

한국에서는 아이슬란드로 출발하는 직항이 없기 때문에 중간 체류지로 런던을 선택했는데, 덕분에 런던 예술대학에서 석사과정을 공부하는 딸과의 오붓한 여행이 되었다. 이곳에서 머문 이틀간의 짧은 일정은 뜨거운 여름에 즐기는 달콤한 아이스크림의 맛과 같았다.

런던의 휴일

여행지에서 그들의 문화와 랜드 마크를 경험해보는 것 외에도 지역을 대표하는 공연을 볼 수 있는 기회를 얻는 것 또한 여행의 가치와 품격을 높여준다.

런던의 첫째 날 저녁은 웨스트앤드에서 공연 중인 뮤지컬을 보기로 했다. 오페라의 유령. 레미제라블. 해리포터. 위키드, 알라딘 등 네온사인 간판으로 가득한 피카딜리 서커스를 지나면서 복합예술의 전통을 지키려는 문화인들의 자긍심이 느껴졌다. 관람객들 또한 파티에서나 입을 만한 우아한 드레스와 정장을 갖춤으로써 뮤지컬을 향한 가득한 애정을 표현했다. 이렇게 수많은 뮤지컬 중에서 선택한 공연은 '한밤중에 개에게 일어난 의문의 사건'이었다.

'한밤중에 개에게 일어난 의문의 사건'

수학천재이지만 자폐증을 앓는 15살의 주인공 크리스토퍼는 어느 날 삼지창으로 죽임당한 옆집 개의 사건을 캐기 시작한다. 크리스토퍼는 자신의 몸에 타인의 손이 닿으면 몹시 싫어하기 때문에 엄마 아빠 또한 손바닥을 살짝 대는 정도로만 자식에 대한 사랑을 표현했다. 가벼운 애정을 확인하는 권리조차 박탈당한 주인공 내면의 세계와 아들의 상태를 인정할 수밖에 없는 부모의 심정이 안타까웠다. 큐브로 만들어진 무대와 현란한 빛에 갇힌 주인공은 타인과의 관계에서 존재를 상실한 내면의 고독을 절실하게 연기했다. 원작을 읽어 보지 않았다면 배우들의 대사를 이해하지 못해서 힘들게 마련한 시간을 허비했을 것이다.

관객의 입장에서 런던 극장이 우리나라와 다른 점이 있다면, 인터미션 때 목에 가판을 멘 직원들이 극장 통로를 다니면서 아이스크림을 판매한다.

흰 머리가 가득한 주름 깊은 노인 관객들이 젊은 사람들보다 많이 보인다.

좌석 라인에 지나갈 수 있는 여유 통로가 매우 좁다. 좌석에서 나가려고 시도한다면 옆 좌석부터 차례로 일어서야 할 정도로 여유 공간이 없다. 기내 좌석은 이에 비하면 넓다.

둘째 날 관람한 뮤지컬은 미국 초대 재무부장관을 지낸 알렉산더 해밀턴(Alexander Hamilton 1757-1804)의 일대기를 그린 '해밀턴' 이었다. 그는 10달러짜리 지폐에 초상이 그려져 있는 인물이기도 하다. 삶의 변곡점은 계획보다는 찰나의 기회를 운명처럼 잡고 끌어내는 순간에 이루어진다. 여행의 계기와 최종 목적지는 아이슬란드였지만 출발 날짜는 100파운드로 '해밀턴'을 관람할 수 있는 이벤트 기간이었다. 공연 중인 빅토리아 극장은 탄광촌에서 발레리노를 꿈꾸는 어린 소년의 성장 뮤지컬 "빌리 엘리어트(BILLY ELLIOT)"를 10년 동안 공연했던 장소이기도 하다.

'해밀턴'은 푸에트리코 출신 음악가인 린마누엘 미란다가 기획 연출. 작곡. 작사뿐 아니라 주인공으로도 공연했는데, 그가 출연한 뉴욕 브로드웨이 마지막 공연에서는 티켓 한 장 가격이 한화 약 2,500만원에 팔렸다고 한다. 3시간 정도 공연 티켓 가격이 일반 자동차 가격과 맞먹다니 소유가 아닌 감동을 선물하는 문화적 가치가 얼마나 대단한지 새삼 놀라웠다.'

모아나','메리포핀스 리턴즈' 등의 영화에도 출연한 린 마누엘은 허스키하면서도 푸근한 목소리를 지녔는데 들으면 들을수록 빨려드는 묘한 매력이 있다. 언젠가는 그의 목소리와 연기를 라이브로 감상 할 수 있는 날을 소망해본다.

기대와 간절한 마음과는 다르게 공연 시작 후, 30분 정도 지나면서 시차 문제로 자꾸 졸음이 몰려왔다. 일반적인 뮤지컬 장르와는 다르게 랩으로 구성된 현란한 템포와 힘찬 율동이 신선했음에도 미국의 정치적 역사를 배경으로 만들어진 빠르고 긴 대사를 알아들을 수 없는 언어장벽이 문제였다. 가끔씩 터져 나오는 웃음과 박수 소리를 들으면서 배우들의 대사를 이해하는 관객들의 귀가 너무 부러웠다.

엘프의 나라 아이슬란드

아이슬란드 여행은 시작부터 순조롭지 않았다.

런던 일정을 마친 후, 숙소에서 체크아웃을 하자마자 아이슬란드 행 비행기 오전 출발이 기상악화로 인해 저녁 시간으로 변경되었다는 문자가 들어왔다. 렌트카 출고부터 블루 라군 온천, 그리고 레이캬비크 시내 관광을 하려던 계획이 뒤죽박죽되는 순간이었다. 항공사측에서는 수속을 마치고 출국장으로 일찍 들어간다면 공항에서 이용 가능한 식사권을 주고, 항공사에서 마련한 홀리데이인 호텔에 머문다면 점심과 저녁 식사를 제공해 주겠다고 했다. 시간과 비용 면에서 유리할 것 같은 두 번째 제안을 선택했는데, 호텔의 깔끔한 식사와 편안하고 세련된 룸은 부담스런 시간을 여유로움으로 채워주었다. 항공사 배려 덕분에 기다리는 시간을 잘 보내긴 했지만 꽤 늦은 출발로 새벽 두시가 넘어서야 케플라 공항에 도착했다. 비상사태가 일상인 듯, 공항에 상주하는 렌트카 직원은 늦은 시간까지 기다리고 있었다. 세찬 비에도 그는 담담하게 공항 주차장에 세워진 차량 외관에 흠집이 있는 지를 확인한 후 주유 방법 등 몇 가지 주의 사항을 알려주고는 어둠을 헤치면서 다시 사무실로 돌아갔다. 공항을 빠져나와 세찬 비바람과 한치 앞도 보이지 않는 깜깜한 길을 뚫고 가려니 난감했다. 여행 중에 낯선 공간. 가지 않은 길에 대한 두려움은 항상 존재하지만 지나온 자리에는 추억의 설렘이 남아있음을 알기에, 담대한 마음으로 사륜구동의 흰색 SUV 엑셀을 지그시 밟았다.

아이슬란드 첫 만남 '블루 라군'

새벽 비를 뚫고 도착한 호텔에서 잠시 눈만 붙이고 나니 아침이 되었다.

신선한 과일에 버터와 딸기잼을 잔뜩 바른 토스트와 커피를 곁들인 아메리칸 조식을 든든하게 먹은 후, 풀지도 못한 짐을 챙겨 호텔 밖을 나와 보니 새벽에는 느끼지 못했던 상쾌함이 다가왔다. 비행기 연착으로 인해 레이캬비크 시내를 둘러보는 시간이 줄어들긴 했지만, 앙증맞은 상점들이 즐비한 2차선 도로를 빠져나와 강을 가로지른 다리까지 드라이빙하면서 레이캬비크의 아침을 여유롭게 감상할 수 있었다. 시내를 빠져나와 40분 정도 운전하다보면 하늘 위로 계속 치솟고 있는 거대한 연기가 보이는데, 누가 봐도 블루라군에서 솟아나오는 연기임을 알아챌 것이다. 이끼로 뒤덮인 용암대지에 자리 잡은 세계 최대의 화산온천인 블루 라군 쪽으로 다가가면서 화산재 냄새가 진하게 풍겨왔다. 이미 꽉 찬 주차장에 아직은 낯선 렌트카를 주차한 후, 용암석들로 이루어진 보행로를 쭉 따라 들어가니 입구가 보였다. 블루라군 건물은 최대한 자연을 배려한 듯 의외로 단순하고 소박했다. 로비 안내데스크로 다가가 직원에게 예약 시간에 올 수 없었던 이유를 해명했는데 걱정과는 달리 그는 천재지변의 사유를 당연하게 인정해 주었다.

영리 목적의 단체는 불가피하게 약속 시간을 지키지 못한 상황을 인정하지 않는 경우가 대부분인데, 이 경험으로 아이슬란드인의 여유로움과 이방인에 대한 배려를 느낄 수 있었다.

블루 라군은 프리미엄 입장과 일반입장이 있다. 선택한 프리미엄 특전은 온천장에 있는 라바 레스토랑에서 식사 시 와인 한 잔을 제공, 온천을 즐기면서 마스크 팩을 두 번 할 수 있는 기회와 슬리퍼, 가운 등을 지급한다. 설렘과 분주함으로 샤워장에서 수영복으로 갈아입은 뒤, 사람들이 움직이는 방향으로 미끄러운 바닥을 조심스럽게 따라갔다.

블루라군

잠시 후 코발트 빛 온천에서 끊임없이 피어나오는 연기 사이로 흰색의 실리카머드 마스크를 얼굴에 두껍게 칠한 사람들의 상반신이 잔뜩 어른거리고 있었다. 온천의 열기로 뿜어 나오는 희뿌연 연기와 우윳빛 하늘색을 띤 물의 경계에서 행복을 즐기는 사람들 사이로 지나다니면서 그들이 느끼는 여유로움에 동참했다. 팩을 얼굴에 묻힌 후, 자연 그대로의 뜨거운 물과 특유한 유황 냄새 사이를 감상하면서 불의 나라 아이슬란드에 온 것을 실감했다.

지구의 마지막 종착지 '스나이펠스요쿨'에서 만난 장소들
화산이면서 빙하인 이 스나이펠요쿨은 프랑스 SF작가인 쥘 베른의 소설 '지구 속 여행'에서 지구의 중심으로 가는 문으로 묘사되었던 곳이다. 이 국립공원 근처에 있는 부디르 마을에 들어서면,

박공지붕에 얹어진 십자가에서 벽체까지 투박한 검은색의 목조로 지어진 교회가 누런 들판 가운데 휑하니 서있고 주변에는 십자가를 세운 묘지들이 스산하게 널려 있다. 1,700년대 지어진 가장 오래된 목조 건물 중 하나라는데 파손과 재건을 반복하여 1,986년이 돼서야 현재의 모습을 갖추게 되었다고 한다. 오랜 시간으로 인한 교회의 칙칙함은 짙은 구름 아래로 아직도 겨울임을 실감케 하는 눈 덮인 희끗한 산자락의 실루엣과 어울렸다.

부디르 검은교회

검은 교회에서 멀지 않은 스나이펠스 반도의 론드랑가르 (Londrangar)는. 화산 활동으로 생긴 거대한 주상절리인데 '절벽의 한 기둥이 약 75미터 다른 하나는 약 61미터의 높이로 바위 성'으로 불리는 현무암이다. 200M정도 천천히 해안가 쪽으로 걸어가면 해안절벽을 볼 수 있는 난간이 있는데 그 곳에 서는 순간 헉! 하는 두려움과 경외에 찬 감탄사가 나왔다. 주상절리에 끊임없이 부딪치는 하얀 거품으로 만들어진 거대한 파도들은 지금까지 보지 못한 참으로 기막힌 광경이다. 주상절리의 약점을 알고 있었던 듯

휘몰아치는 파도는 한 순간도 망설임이 없이 육지를 방어하고 있는 절벽 쪽으로 공격해왔다.

이 장소를 방문하지 않은 사람은 보지 않았기 때문에 후회가 없겠지만, 한번이라도 이 장관을 목격한 사람들은 보지 않았다면 후회했을 거라고 분명히 생각했을 것이다. 근처 지역에는 엘프가 산다는 소문 때문에 농사를 짓지 않는다는데, 추운 봄이라 그런지 아무리 둘러봐도 농사를 지을 만한 비옥한 땅을 찾아보기는 힘들었다. 큰 절벽이 엘프 교회, 작은 절벽이 엘프 도서관이라고도 하고, 이 절벽에서 한 시인이 악마를 만나 영혼을 팔았다는 이야기도 전해진다. 이 반도는 지구 종말을 끝까지 지켜내기 위해 투쟁하는 마지막 인류의 땅임에 틀림없다.

론드랑가드

키르큐펠산(Church Mountain)은 그룬다르 피요르드 마을에 있는 원뿔 모양의 높은 산이다. HBO에서 방영한 존 스노우 주연 '왕좌의 게임' 시즌6의 배경이면서 아이슬란드를 대표하는 명소이기도 해서 꼭 방문하고 싶었다. 이 장소를 찾아가는 길에 펼쳐지는 산세의 어우러짐. 녹아내린 빙하 물빛이 가득한 푸른 바다. 눈으로는 감동. 입으로는 감탄. 마음으로는 감사함의 순간이었다. 산 바로 아래까지 가보기에는 시간이 애매해서 산이 잘 보이는 레스토랑에서 점심을 먹으면서 감상하기로 했다. 산을 보기 위해 예약한 식당이었지만, 여기서 주문한 홍합 스튜와 마르게리타피자의 맛은 일품이었고 앙증맞은 소품으로 장식된 내부 인테리어를 보는 즐거움도 한몫했다.

정면에서 바라보면 이탈리아와 스위스 국경지대에 위치한 마테호른 산을 닮았다고도 하지만, 식당에서 바라본 바다 가운데 서 있는 산의 모습은 쌩텍쥐페리의 '어린 왕자'에 등장하는 코끼리를 삼킨 보아뱀의 모습과 흡사했다. 오묘하게 펼쳐진 구름 덮인 하늘과 에메랄드 빛 물결에 몸을 감싼 채 투명하게 존재를 과시하고 있었다.

키르큐펠산

마지막 날은 로드 드라이빙을 잠시 멈추고 빙하트레킹을 신청했다. 바트나요쿨 국립공원에 편입된 이곳은 빙하로 뒤덮인 산으로 얼음동굴탐험. 빙하트레킹 등 색다른 모험을 할 수 있는 프로그램을 갖추고 있었다. SF영화 '인터스텔라'의 배경지로도 유명한 이 장소는 시선이 닿을 수 있는 끝까지 빙하로 뒤덮여 있었다. 체험은 난이도에 따라 3시간, 5시간 코스가 있는데 부킹 코너에 가면 아이젠과 헬멧 방수복을 지급하고 트레킹화는 사이즈별로 대여가 가능했다. 예사롭지 않은 강추위와 바람이 장갑 낀 손끝까지 매섭게 스며들었지만 추위를 피할 수 있는 적당한 장소가 없었다. 예약 시간이 가까워지면서 신청자들이 모여들기 시작했고 8~12명이 한 조가 되었다. 빙하가이드 안내에 따라 평평한 도로를 2-30분 정도 걸어가니 넓게 펼쳐진 빙하 끝자락에 에메랄드빛 청정 바다가 일렁이고 있었다. 체험은 허용된 길로만 지날 수 있는데 개별 행동을 했다가 얼음 사이에 녹아 있는 구멍으로 깊이 빠져들어 갈수 있기 때문이다. 지나면서 가끔씩 보이는 빙하 사이로 깊이 파고든 푸른빛의 깊은 홀을 내려다보면 아래로 끝없이 빠져들 것 같아 공포심을 느꼈다. 약 90분 정도의 체험을 마무리하면서 전문 가이드 데이비슨은 자신의 직업을 자랑스럽게 여기지만 점점 녹아가는 빙하를 보는 것이 안타깝다고 했다. 몇 년 후면 현재보다 현저히 줄어든 빙하가 남아있을 거라고 전했다. 빙하트레킹은 경이롭기도 하지만 인간의 무분별한 개발과 사용으로 자연의 생태계가 파괴되고 있는 현실을 적나라하게 들여다본 것 같아 혼란스러웠다.

스카프타펠

크리스토퍼 놀란 감독이 미세먼지로 가득해 더 이상 인간이 생존할 수 없는 지구를 버리고 다른 행성을 찾아가는 내용의 영화 "인터스텔라"를 촬영하기 위한 장소로 스카프타펠을 선정한 이유는 지구보존과 위험성에 또 다른 경고를 보여주려고 한 것은 아닐까?

앞으로 인류에게 꼭 필요한 임무가 있다면 그건 지구 환경을 더 이상 훼손시키지 않고 보호해야 한다는 것이다.

오로라를 보겠다고 지구의 끝 아이슬란드에 여행 온 목적이 이루어질까?

너울거리는 초록과 보라 빛의 어우러짐으로 별들을 거느리고 펼쳐지는 특별한 하늘, 주어진 시간에만 볼 수 있는 자연이 주는 밤의 선물.

끝없이 펼쳐지는 긴 도로를 수백 킬로 이상 운전하며 오로라가 잘 보이는 장소 중 하나인 랑가홀트 게스트하우스(Langaholt guesthouse)에 도착했다. 단층으로 지어진 소박한 숙소에 짐을 풀고 창문 너머 하늘을 바라보니 여전히 회색빛이 짙었다. 황량한 언덕은 에밀리 브론테의 '폭풍의 언덕'을 연상케 하는 스산한 외로움을 펼치고 있었다. 오로라를 본 적이 없었기에 어두운 구름이 드리워진 흐린 날에도 어디선가 나타날 것이라고 기대했다. 로비로 내려와 직원에게 오로라가 나타나는 시간이 언제쯤일지 물어보니 그는 구름 낀 하늘을 손가락으로 가리키면서 저런 하늘에서 무엇을 볼 수 있겠느냐고 오히려 되물었다. 마지막 종착지에서의 목적이 무산되는 순간이었다. 실망하는 모습을 눈치 챘는지 7, 8월의 아이슬란드는 지금보다 더 볼 것이 많고 아름다우니 그 시기에 다시 오면 좋겠다고 위로해주었다.

여행은 결과가 아닌 과정이다. 계획을 세우던 세우지 않던 떠나는 그 순간부터 예기치 못한 일을 마주하게 되고, 순간의 삶과 부딪쳐야 다음의 길을 걸어갈 수 있다.

아이슬란드 링 로드를 여행하면서 어딘가에 숨어살고 있을 엘프를 만날 수도, 예기치 않은 날씨로 인해 오로라를 볼 수도 없었지만, 10일간의 여정은 삶에서 강한 의미가 되었다.

수백 킬로를 운전하면서 멈춘 장소들을 기억하면 인위적인 조미가 들어가지 않은 순수한 자연 그대로였다. 인류가 만든 이국적인 문화에 감동하고 박물관에서 유명작가의 작품을 감상하고 뮤지컬 공연을 즐기는 여행의 삶에 익숙해 있었지만, 뜻하지 않은 여행지였던 아이슬란드는 자연과의 공생이 무엇인지 알려주었다.

어디서 멈추건 멈춘 장소는 자연 그대로였다.
어디에 머물건 숙소는 자연과 어우러졌다.
무엇을 먹던 자연이 어우러진 음식이었다.

바람. 물. 흙. 공기로 이루어진 지구라는 별은 인간이 생존하는 데 적합한 환경이었다.
편안하게 숨 쉴 수 있는 공기,
목마를 때 마실 수 있는 신선한 물,
어디를 가도 만날 수 있는 푸르름
당연하게 생각한 일상적인 삶이 지속되기 위해서는 지구가 생존하는데 적합한 자연을 다시 살려야 한다.

자연 그대로를 받아들이고 맞춰가는 불과 얼음의 나라를 언젠가 다시 방문하게 되는 날이 온다면, 그때는 꼭 엘프와 오로라를 볼 수 있기를, 그리고 0.001cm 조차도 줄어들지 않은 단단한 빙하를 만날 수 있기를 소망해본다.

집에만 있는 아이는 어리석다 – 아이슬란드속담

 프로필

- 윤리학 전공
- 영재교육 석사 졸업
- 와이즈만 영재교육 은평센터 운영(21년)
- MJ 삶의 여행 다이어리 블로그 운영중

검은머리 파뿌리 될 때까지

김 경 림

결혼이란 알맞은 상대를 찾는 것보다 자기가 알맞은 상대가 되는 것이 더 중요하다" – 존비비어 –

〈내 고향 여섯시〉에 나오고 있는 개그맨 손헌수가 MBN '동치미'에 나와서 "내 모든 것을 줄 수 있는 여자를 40년 동안 찾았다고 고백했다."

그래서 손헌수는 40년 동안 찾고 있었던 지금의 아내를 만났다. 지금의 아내는 바로 그의 팬이었다. 그가 팬이었던 아내와 교제하고 있을 당시 여러가지 상황이 많이 안 좋았다고 한다. 그런데 그녀는 이런 상황 속에서도 손헌수와 결혼을 했다.

자기가 손헌수와 결혼하게 된 이유는 그녀는 결혼하여 사랑하는 남편을 힐링시켜 주고 싶었고 사랑하는 남편에게 무엇이든지 다 해주고 싶어서 결혼하게 되었다고 고백했다.

우리나라는 현재 세계 제일의 이혼국가의 불명예를 가지고 있다. 동방예의지국이라고 했던 우리나라가 어찌 이처럼 세계 제일의 이혼국가가 되었을까?

결혼생활, 즉 부부의 근원되는 뿌리는 어디에서 출발했고 그 의미는 무엇인가? 성경은 바로 그 뿌리 즉 근원의 문제를 명확하게 제시해 주고 있다.

하나님께서 천지를 말씀으로 창조하시고 마지막에 흙을 빚어 남자인 아담을 만드셨다. 그리고 흙에 혼을 부어서 아담이 되었다. 즉 이 때 드디어 영혼을 가진 남자인 진짜 사람이 된 것이다.

그러나 하나님께서 보시기에 유일하게 좋지 못한 것이 하나 있었다. 그것은 아담이 혼자서 외롭게 사는 것을 보는 것이었다.

그래서 하나님은 아담을 잠 재우신 후 그의 갈비뼈 하나를 빼어 하와를 만들어 주셨다.

아담의 돕는 배필로 하와를 만들어 주신 것이다.

이렇게 해서 하나님의 창조는 아름답게 완성되었다.

하나님은 완성된 창조를 보시고 최고의 감탄을 하셨다.

보시기에 심히 좋았더라.

그리고 그의 아내인 하와를 아담에게 데리고 가셨다.

아담은 하나님께서 자신의 아내인 하와를 자신에게 데려오는 것을 보고 외쳤다.

"내, 뼈 중의 뼈요. 살 중의 살이라.~!"

아담은 너무나도 행복해 했다.

이 세상을 창조하셨을 때는 부부가 탄생하기 전이므로 미완성이라 말할 수밖에 없다. 그런데 하나님께서 부부인 아담과 하와를 만드시고 나서 드디어 창조의 완성품이 되었다. 천지창조 이후 최고의 걸작품이 된 것이다.

이처럼 하나님은 아담이 독처하는 것이 외롭게 보이셔서 돕는 배필인 아내 하와를 만드셨다. 비로소 아담은 돕는 배필인 하와를 만나 부부가 되어 외롭지 않게 살아갈 수 있게 되었다.

바로 결혼이 여기서부터 출발되었다. 그러기에 결혼식장에 가면 신부 아버지가 신랑에게 자신의 딸을 손수 데려다 준다. 이 때 이 신부의 모습이 예쁘던, 예쁘지 않던 아버지의 손을 잡고 걸어오는 신부의 모습은 너무나도 아름답다. 결혼식에 온 하객들은 신랑 옆으로 다가오는 신부를 보고 예쁘다고 신부에게서 눈을 떼지 못하고 감탄한다. 왜 그럴까? 그건 바로 외롭게 혼자 서 있던 남편을 만나러 가는 신부이기 때문이다. 그러기에 우리가 부부로 살아간다는 것은 홀로 외롭지 않게 살아가는 행복한 삶이요, 하나님의 최고의 아름다운 걸작품인 것이다.

이렇게 최고의 걸작품이 된 아름다운 신랑 신부에게 주례자가 묻는다.

'검은 머리 파뿌리 되도록 사랑하겠습니까?'

'넵! 그러겠습니다.'

신랑, 신부는 큰소리로 씩씩하게 답한다. 잘살겠다고 다부지게 외친다. 그런데 도대체 우리나라가 왜 세계 제일의 이혼국가란 말인가?

부부가 검은머리 파뿌리 되도록 잘 살려면 어떻게 해야 될까? 바로 아름다운 언어를 사용하는 것이다. 아름다운 언어는 바로 하나님이 우리에게 주신 생명의 언어를 말한다. 하나님이 우리에게 주신 생명의 언어는 첫 번째는 격려 언어이다. 부부가 살다보면 실수를 했을 때가 있다. 이럴 때 격려의 언어를 사용하는 것이다. 예를 들면 이런 언어다.

"조금 실수하면 어때요? 난 우리 남편만 계시면 되요."
"염려 마세요, 괜찮아요. 그럴 수도 있지요."

두 번째는 칭찬언어다. 서로 칭찬으로 대화를 하는 것이다. 아예 칭찬하려는 마음을 갖고 살아가는 것이다. 그러면 어떤 일이 있을 때 곧바로 칭찬이 나온다. 예를 들어 남편이 선물을 사줬는데 조금 마음에 들지 않았다고 해도 남편이 선물을 사준 자체로 기뻐하는 것이다. 그래서 이렇게 말한다.
"선물이 너무나도 맘에 들어요. 어디에서 골랐어요?"
이렇게 많이 기뻐하며 칭찬을 아끼지 않는 것이다.

세 번째는 감사언어다. 남편이 내 옆에 있다는 것, 또 아내가 내 옆에 있다는 것만으로도 감사하는 것이다. 그래서 항상 감사의 말을 표현한다. 집안 청소를 해줬을 때도 당연한 것이 아니다.
"청소를 해줘서 너무나도 감사해요."
"내가 좀 편해졌네요."
어떤 일을 해도 서로 감사표현을 하는 것이다. 이때 이왕이면 조그마한 선물을 준비해 짠하고 내놓으며.
"당신이 너무나도 고마워서 선물을 주는 거에요."
이렇게 감사표현을 한다면 얼마나 행복할까?

네 번째는 지지언어이다. 항상 누구와 같이 있든지 어디에 있든지 무엇을 했든지 서로를 지지해 주는 팬이 되는 것이다. 나는 종종 남편과 식사할 때 이런 말을 아끼지 않는다.

"나는 우리 남편하고 식사할 때가 제일 맛있어요."

"당신과 식사할 때가 제일 편안해요."

이런 말을 듣는 남편의 마음은 어떠할까. 또한 이런 말을 듣는 아내의 마음은 어떠할까? 아름다운 부부, 행복한 부부가 서로 헤어졌다면 물질만의 문제가 아니다. 지위가 없어서만이 아니다. 바로 생명의 언어가 없어서이다. 그러기에 서로를 지지해 주고, 서로를 칭찬해 주고, 서로를 격려해 주는 언어인 생명의 언어를 사용한다면, 생명의 언어가 서로의 입술에서 끊이지 않는다면 우리는 하나님이 심히 아름답다고 감탄했던 부부가 될 것이다. 그래서 검은 머리가 파뿌리가 될 때까지 행복한 모습으로 살아가는 것이 가능하다.

프로필

- 군산 서해대학 유아교육과 졸업
- 영락신학교와 순복음신학대학원졸업
- 수원생명의빛 교회 담임목사
- 저서: 목회 꽃 피다(공저)
- 행복한 가정으로 꽃피우다(공동체) 운영

나의 일본생활 파노라마

김 광 섭

현해탄 건너는 도전

인간이란 공간과 시간의 어울림 속에서 이리저리 흐르는 존재다. 즐거운 추억도 쓰라린 추억도 모두가 시간과 함께 각인되어 간다. 고향이 그리워지고 여러 근무지의 기억도 마찬가지며, 그곳에서 맺은 많은 인연들은 쉽게 잊기 어려운 것이다.

나는 특별히 어려서부터 호기심이 아주 많은 성격도 아니었다. 세상을 살다보니 여기저기를 옮겨 다니면서 삶의 흔적들을 몸에 지니게 되었다. 그 가운데 청춘기의 십여년이 넘는 세월을 일본에서 보냈다. 나로 인하여 우리 가족 모두, 그중 초중고 과정을 경험한 두 아이들에게는 더 깊숙이 뇌리에 추억으로 남아 있을 것 같다.

내가 처음에 일본에 관한 지식을 접하게 된 것은 아주 어린 시절 아버지로부터 큐슈에 다녀왔다는 이야기였다. 그 속에는 아버지께서 특별한 고생을 하였다거나 일본에 대한 좋지 않은 이야기는 듣지 못하였다. 단지 아버지를 통하여 일본과 만주 이야기, 그런 나라들이 있었다는 정도에 그쳤지 특별히 일본에 대한 선입견 같은 것은 없이 순수함이었다.

점차 학교교육을 접하면서 일본이 우리를 침략한 사실을 역사의 과정으로 알게 되었다. 교직생활 5년 후부터 역사교사가 되면서 일본에 대한 나의 감정반응은 점차 마이너스 방향으로 축적되어 갔다. 공교육 체제 속에서 사회과 수업을 반복하다보니 일본의 식민지 지배를 자연스럽게 교과서대로 강조하며 가르치게 되니 깊숙이 체화되어 갔다. 시간의 흐름과 더불어 나도 모르게 애국심이 저절로 몸에 배어드는 것을 느꼈고 내 수업을 들은 아이들에게도 똑같이 닮아가지 않았을까 생각한다. 이 지구상에 많은 나라 중 가장 싫은 나라가 일본이 된 것이다.

그만큼 교육은 인간의 생각을 바꾸고 의도한 방향으로 물들게 하는 것이기에 어떻게 얼마나 하는가에 교육의 중요함도 깨닫지만 한편으로, 그 위험성도 얼마나 무서운가를 내 스스로 느끼고 있다.

그러나 내 스스로 눈을 떠 좀 더 시야를 넓혀 가면서 세상을 읽어보니 일본, 일본의 정체성이란 무엇인가를 더 알아야 한다는 욕구가 발동하게 되었다.

수업에서 한국 근대사 부분을 가르치면서 시간이 갈수록 더 많은 일본 자료가 필요하였다. 이에 한일관계사 관련 책을 접하는 기회가 많아졌다. 이 과정에서 한일간의 문제는 물론, 양국간의 경제 격차 등 자연스럽게 묻게 되는 질문들도 많아졌다.

일본을 알지 않으면 안 된다는 나만의 소명의식에 서른 두 살이 넘어 일본어를 배워야 하겠다는 생각이 나를 사로잡았다. 더 쉬운 방법을 찾고 싶은데 시골에 살다보니 길이 없었다. 새로운 지적인 도전의 출발이 되었다. 이러한 인연으로 공직생활 중 일본 생활이 10년을 넘게 된 것이다.

일본 문자인 히라가나 가타가나를 볼펜으로 손바닥에 써 걸어다니면서 암기하면서 입문했다. 학교업무, 다른 일들로 충분히 공부할 시간이 없기에 나만의 시간을 내는 것은 이같은 자투리 시간을 활용하는 길밖에 없었다.

당시에 다행히 교육방송 TV와 라디오로 일본어 회화 강의를 듣기 위해 주파수를 맞췄다. 시골에서 학원을 찾는다는 것은 엄두도 못냈으니까. 강의는 매일 카셋트 테이프에 녹음하여 반복을 계속하였다.

만남의 축복

이때 만난 분이 강영우 박사였다. 강 박사님은 시각장애인으로 미국에 유학을 하셨다. 이분이 경험했던 노력을 듣고 보니 나도 하면 될 수 있다는 생각이 들었다. 목표는 할 수 있을 때까지 하는 것이다.

장흥관산중에서의 생활은 한마디로 학생들과 동행하면서 일본어 공부와 학생지도가 병행된 삶이었다. 그 이유는 일본 유학이라는 뚜렷한 목표가 있었기 때문이다. 한정된 시간에 공부한다는 것이 그리 쉽지는 않았다. 그렇다고 아이들에게 공부를 가르치는 일에도 소홀히 할 수는 없었다. 가르치는 일은 내 업이기 때문이다.

첫해 유학시험에는 떨어졌다. 일년 후 두 번째는 다행히 합격이 되어 1987년 9월말 일본행 비행기를 타야 했다. 얼마동안 일본에 갈 준비도 했다. 당시는 남북관계가 긴장상태로 좋지 않아 해외 출국 사전연수에서는 조총련 관련 인사들을 만나지 말 것과 이에 대한 조심하라는 이야기도 강조하였다.

일본과의 첫 만남

처음 도착한 나고야 국제공항에는 대학 소속 국제교류 요원들이 마중을 나와 숙소안내와 외국인 등록 및 학교 안내를 도와주어 어려움 없이 공부할 수 있었다.

유학생활의 성패는 언어에 달려 있다. 처음 6개월간은 다른 나라에서 온 유학생들과 일본어 코스를 밟게 되어 있었다. 나고야는 일본의 중부에 위치하여 더운 지방이지만 10월이 되고 보니 가을바람이 불어오기 시작했다.

며칠이 지난 후 나고야대학에서 일본어 코스는 주 5일 하루 6시간씩 6개월 코스로 능력별 반 편성을 하여 공부를 했다. 처음은 영어로 일본어 수업을 진행하고, 선생님들의 일본어 수업은 매우 철저하였다. 완전히 학교생활에 필요한 언어로 구성된 교재와 한마디도 버릴 것이 없는 실용적인 언어 수업을 만족스럽게 받을 수 있었다. 이 과정에서 일본 선생님들로부터 크게 감동을 받았다. 나도 이런 경험 속에서 한국어를 외국 사람들에게 가르칠 수 있는 기회가 되면 좋겠다는 새로운 꿈을 꾸게 되었기에 2차 도일이 가능해졌다.

온종일 한국어는 한 마디도 사용하지 않고 학교 내 생활은 외국어로만 생활하니 스트레스가 쌓이기 시작했다. 어느 정도 시간이 흘러갔지만 일본어에 적응을 하지 못하는 남미에서 온 유학생과 중동, 이란의 친구들은 정말 스트레스를 많이 받아 수업에 빠지는 경우도 종종 있었다.

일본에서 1년 반 동안은 여러 곳을 다니면서 체험하는 기회가 되었고 다양한 사람들을 만나 여러 분야의 일본 문화를 접할 기회를 갖게 되었다. 토요일은 수업이 없는 날인데 일본에 가기 전에 펜팔로 사귄 전문학교 근무하는 니시무라씨는 가끔 나와 함께 드라이브를 하면서 대화를 하였다. 그리고 크리스챤 가정을 방문하여 많은 사람들의 도움을 받았다. 특히 홋카이도 엥가루에서 보낸 1989년 새해맞이 추억은 가슴 깊이 새겨져 있다. 그때 인연을 맺은 분들과 지금도 서신을 주고 받으며 교류를 이어가고 있다.

나고야에서 6개월 과정이 끝난 후 아이치교육대학 대학원에서 지도교수의 개인지도 수업을 받았다. 수업이 없는 시간이면 학부생들의 특수교육과 수업도 참여하면서 이때 만난 갓 입학한 대학생 3명에게 한글을 가르쳤다. 나의 한글수업도 매주 잘 참여하였고 나의 수업을 도와주는 역할도 하였다. 이분들과 인연을 맺은 지 35년이 지난 작년에 한 선생님이 세상을 떠났다는 소식을 라인으로 보내왔다. 일본 특수학교에서 중견교사가 되었는데 무슨 사연이 있었던 것일까? 정말 가슴이 먹먹해졌다.

나의 지도교수님은 도쿄대학을 졸업하신 분으로 일본에서 러시아교육 연구에 뛰어난 분으로 방학이 되면 러시아 교육현장의 모습을 슬라이드로 제작하여 수업시간에 활용하였다. 개인수업에서는 주로 일본교육사와 교육현장의 다양한 문제들을 주제로 삼아 수업을 전개하였다.

자랑스런 후배가 맥을 이어

점차 수업을 통하여 개인적으로 교수님들과의 신뢰관계가 형성되어 갔다. 이에 좋은 기회다 싶어 나의 고향 후배인 이영송 교사를 지도교수님께 부탁하여 국비유학을 할 수 있도록 요청하였다.

나는 귀국하고 훗날 이 요청이 받아들여져 영송 후배는 3년 반 동안 대학원에서 교육학 석사 과정을 완전히 마쳤다. 누구에게나 기회는 올 수 있지만 결과를 만드는 것은 본인의 책임이다. 후배는 석사과정을 미치고 93년부터 5년간 오사카 소재 민족학교에 파견 생활을 할 수 있었다. 그 후 교육 연구사가 되었다.

귀국 후 서울로

일본에서 공부를 마치고 장흥여중에 4월, 발령을 받아 몇 개월 지내다 서울에서 교육부 파견생활이 시작되었다. 처음에는 나만 서울에서 생활을 하였으나 여러 가지로 불편하여 고향을 뒤로 하고 전 가족이 서울로 이사를 하였다. 이사를 하면서 아이들에게 서울 생활을 마치면 일본으로 가려고 하는데 어떻게 생각하느냐고 물었더니 그렇게 해도 좋겠다는 대답을 하였다. 다행히 3년이라는 서울 생활 동안 일본 한국교육원 파견교사 시험에 합격하여 다시 일본으로 갈 수 있는 문이 열리게 되었다. 시험 합격을 위해 전력을 기울인 덕분에 합격하였지만 막상 가족 전체가 살던 곳을 뒤로 하고 해외로 이사를 한다는 것이 그렇게 쉬운 일은 아니었기에 머리가 무거워졌다.

두 번째 일본 생활

1993년 2월 8일 나의 두 번째 일본 생활이 시작되었다. 가족과 함께 큐슈의 중심도시 후쿠오카 한국교육원에 부임했다. 일본, 일본어를 전혀 모른 딸과 아들, 그리고 아내에겐 새로운 시작에 두려움과 함께 불안을 느끼는 출발이었을 것이다.

후쿠오카의 2월 초 기온은 꽤나 쌀쌀했다. 밖에 얼음은 얼지 않았지만 찬 바람이 부는 아침이었다. 학교를 향해 종종걸음을 치는 초등학생들의 모습은 측은하게만 보였다. 남자 아이들은 짧은 반바지에 허벅지 살을 그대로 드러내놓고 있었고, 여자 애들도 짧은 스커트 아래로 종아리만 가린 스타킹 차림으로 추위에 얼어서인지 입술이 새파랗게 보였다. 2월이 가장 춥다는 이곳은 때로는 살얼음이 얼기도 하였다.

　해외 근무를 하면 자녀교육이 큰 문제다. 그래서 대부분 파견공무원 자녀들은 국제학교를 선호한다. 하지만 우리 아이들은 국제학교를 다니지 않고 일본인들이 다니는 보통 초등학교에 3학년과 6학년으로 전학하였다. 일본학교를 다니게 되어 긴 바지에 외투를 걸치고 학교에 간 적은 없었다. 그래도 일본 아이들은 춥다고 움츠리거나 감기 걸린 아이도 없는 것을 보니 건강의 기초는 일상생활 속에서 이렇게 닦아 가는 것 같았다.

　초등학교에서 반바지, 짧은 스커트 차림은 오랜 옛날부터의 전통이므로 초등학생들은 아무리 춥게 느껴도 이를 지켜보는 부모들은 안쓰러워하는 기색이 전혀 없었다. 아이들이 감기드니 따뜻한 옷을 입혀야 한다고 항의하는 부모도 없었다. 너무나 당연한 일이기 때문이다. 우리나라의 주택처럼 온돌이나 난방설비가 없는 일본 주택에서는 춥게 지내는 것이 생활화 되어 있다.

　두 아이는 막상 일본학교에 가게 되었는데 일본어를 하나도 공부하지 않고 가서 언어장애는 물론 청각장애 학생이나 다름이 없었다. 중 1학년인 딸은 대학생에게 부탁하여 과외지도로 일본어 수업을 받았고, 아들은 학교에서 담임선생님이 개별지도로 히라가 나부터 가르쳐주기 시작하였다. 거의 6개월 동안은 대화가 불가능하여 손짓몸짓으로 소통하지 않으면 안 되었다. 친구 하나 없는 교실에서 이방인으로 사는 시간이 얼마나 고통스러웠을까.. 그러나 결론적으로 이렇게 적응하는 과정에서 엄청난 에너지가 소모되었겠지만 척박한 환경에서도 주도적으로 살아갈 수 있는 힘을 기를 기회가 되었으리라 생각한다.

일본에서 이사 경험

이 무렵 정부의 한국종합교육원 개편으로 사가현과 구마모토현 구마모토시에 설치된 교육원이 폐쇄되었기에 후쿠오카에서 매주 한 차례 두 곳에 출장강의를 다녔다. 그러나 이런 운영방식이 부적합하다는 정부의 의견을 종합하여 다시 구마모토에 교육원 설치를 하게 되었다. 이런 사정으로 나는 1년 반 후쿠오카에서의 교육활동을 마치고 1994년 9월부터 구마모토한국교육원에 부임하게 되었다. 이때 이삿짐센터 사람들의 작업방식을 경험하여 보니 우리나라와는 한 차원이 다르다는 것을 실감하였다.

구마모토는 후쿠오카에서 남쪽으로 100여 킬로 떨어진 곳에 위치한 60만 인구의 도시였다. 이곳에는 한국 교민은 후쿠오카보다 많지 않아 업무 추진은 그렇게 힘들지 않았다. 그러나 아이들이 겨우 후쿠오카 학교생활에 적응하게 되었는데 뿌리가 내리기 전에 다시 구마모토로 전학을 가야했기에 친구들도 다시 사귀어야 하는 등 어려움이 많았다. 하지만 어쩔 수 없는 일이었다. 이때 아이들은 또다시 매우 힘들었을 것이다

구마모토교육원 활동

저녁에는 주로 2세 교민과 일본인을 위한 한국어 강좌를 개최하였고, 방학이 되면 어린이를 위한 임간학교를 민단과 공동으로 개최하기도 하였다. 이 무렵 서울 박해평 장로님의 수고로 서울가락동교회 청년들이 구마모토를 방문하여 재일동포 아이들과 함께 활동하는 프로그램을 갖기도 하였다. 또 교육재단 호동학원과 한국의 한글재능연구회와 자매 결연 사업, 그리고 세계 스포츠 축제인 세계 배구선수권대회, 세계 핸드볼대회를 구마모토에서 개최하게 됨으로 이같은 국가대표 선수들을 후원하는 행사를 주관하였다.

이때는 일본 초등학교 학생들이 한국팀을 응원할 수 있도록 지원을 요청하여 티켓을 구입 제공하였다. 특히, 낮에는 한일교류 관련 업무를 많이 추진하였으며, 많은 일본인들을 한국에 갈 수 있도록 주선하였다. 그 당시 대한항공이 서울-구마모토 노선 운영을 하여 비교적 쉬운 편이었다. 그리고 구마모토현, 사가현, 이즈카시 주재 재일동포들의 삼일절, 광복절, 성인식 등 민단 주최 행사에 장흥군 한들농악단을 초청하여 행사를 도왔다. 이런 덕분에 장흥군 주민들의 일본에 대한 관심이 매우 높아졌다.

다양한 교류 속 장흥물축제 탄생

이같은 소소한 인연이 한일간 연결고리가 되었다. 한·일교류 행사의 큰 행사로 나가사키국제공항 개항 30주년을 맞이하여 장흥 한들농악단을 초청하였으나 공교롭게도 공연 당일에 강한 태풍이 예보되어 축하공연이 취소되는 등 아쉬움도 많이 있었다. 이 무렵 일본에서는 구마모토 출신 호소카와 수상이 정권을 잡고 있었는데 달러당 엔화 강세가 이어져 상당기간 80엔대를 유지하였다. 이 무렵 임진왜란 때 조선을 침략한 가토기요마사가 축성한 구마모토성에 가면 한국에서 온 관광객들을 매일 쉽게 발견할 수가 있었다. 이런 인연을 이어가면서 운젠에서는 조그만 물 축제가 진행되고 있어 이를 벤치마킹하여 장흥에는 물축제가 탄생하는 계기가 되었다. 지금까지도 이런 인연으로 재일동포를 비롯한 일본인 참가자들이 계속 장흥을 방문하고 있다.

교육교류 활성화에 기여

무엇보다 잊을 수 없는 일은 한일간 교육교류의 활성화다. 1994년도에 시작한 전남도교육청의 교민합동 연수 추진이 가장 큰 과제였다. 이 연수는 오영대 교육감 시절, 당시 감사담당관인 황인수(전 보성 용정중학교 교장)씨가 전남교육발전계획 추진 업무를 담당하게 되어 기획된 프로젝트였다. 연수단 구성은 지역민, 교원, 행정직, 자치단체 지방의원 등 40명으로 구성하여 일본의 여러 지역으로 분산하여 연수코스로 선정하여 실시하였다.

교육자치제가 실시되면서 전남도교육청이 표준학교 가꾸기 사업과 병행, 일본의 우수한 교육현장과 지역사회의 평생교육을 둘러보고 장점을 배워 우리교육에 적용하자는 취지에서 실시한 것이었다.

연수단의 교육효과가 좋은 반응을 얻어 합동해외연수 2차 연도에는 주일본 한국대사관에서 청와대와 교육부에 보고되면서 화제가 됐다. 이에 황인수씨는 청와대와 교육부의 요청으로 시·도교육청 해외연수 담당자 연수 때 참석, 연수배경과 과정을 설명하니 모두가 놀라며 어떻게 업자 선정을 하였으며, 그 과정과 내용을 자세하게 설명함으로 전국의 교육현장에서 변화의 바람과 함께 많은 활력소의 역할을 하였다는 칭찬을 받았다.

첫해 연수 참가자는 188명이었고, 95~97년 3개년 동안은 매년 920명씩, 4개년에 걸쳐 총 2,948명이 당초 계획이었는데, 호응이 너무 좋아 실제로는 3천여 명보다 훨씬 많은 인원이 참여하게 되었다.

특히 큐슈지역은 내가 직접 연수코스를 작성하여 추진한 곳으로 다수의 연수단이 방문하였다. 이 과정에서 밤낮없이 방문지를 교섭하고 연수단을 맞이하다보니 체력이 떨어져 응급실에 갈 정도에 이르기도 하였다. 이후 연수에 참가한 분들은 한결같이 연수를 추진하느라 고생이 많았다는 격려를 보내왔다. 그만큼 연수 결과는 많은 사람들에게 감동을 준 것이었다. 그 결과 전국적으로 큰 반향을 일으켜 황인수 부교육감님이 청와대에 가서 성공사례가 되었다. 또 후쿠오카에 위치한 후쿠오카시립 하카타공업고에는 전남의 공업고 연수생을 보내어 숙박을 하면서 일본 교육현장을 경험해 볼 기회를 마련하였다. 이 학교에는 한국에 관한 관심이 아주 많은 오카모토 선생님이 계셔서 교육교류 활동 전반을 잘 지원하여 협력해 줌으로 성공적으로 추진되었다.

이같은 업무 추진을 하는 과정에서 인연이 되어 만난 분이 황인수씨다. 전에는 일면식도 없었던 내가 2000년 9월, 도교육청 장학사로 들어가 근무하는 기간 중에 이분은 부교육감 지위까지 오르게 되었다. 이러한 관계는 지속적으로 유지되어 퇴직하실 무렵 사립중학교 설립을 계획하셨는데, 훗날 이 과정에 내가 참여하게 되어 교육과정 편성 및 교원선발과 교직원 역량강화를 위한 해외연수를 기획 추진하게 되었다. 마침 2003년은 내가 한국교원대 교육정책대학원에 파견을 받아 연구하는 기회가 되어 여름방학에는 전국의 대안교육 현장을 둘러보는 시간도 갖게 되었고, 교직원 역량강화를 위한 일본연수도 추진하였다.

구마모토교육원 재직시 내 고향인 장흥과의 교류는 매우 활발하게 진행되었다. 이같은 배경에는 장흥에서 소설가로 활동하며, 일본에 관심이 아주 많은 김석중 선배님이 적극적으로 앞장섰기 때문이다. 모든 일들이 성공에 이르기까지는 누군가의 희생이 있어야 가능하며 책임감이 있어야 지속가능하다. 이분만큼 적극적으로 한·일간 교류업무를 지속적으로 추진한 사람도 드물 것이다.

양국 자치단체 상호교류

당시 김재종 장흥군수님를 비롯한 방문단 일행이 구마모토 마쓰바세정을 방문하여 일본의 발전된 농촌행정을 둘러볼 기회를 마련한 것이다. 점차 양국 지역간 교류가 무르익어, 1997년 10월에는 일본 구마모토현 마쓰바세정 지방의원들과 함께 장흥군을 방문하여 교류 행사를 갖기도 하였다.

한국교육원장의 임무는 단순한 교육활동에만 한정되는 것이 아니다. 특히 중요한 분야가 우리 동포와 소통해야 하는 일이다. 재일동포의 행정업무를 담당하는 민단과의 관계는 매우 협조적으로 이뤄졌다. 매년 연말이 되면 당시 김태식 단장님과 함께 민단원의 각 가정을 방문하면서 이불 등 작은 선물이지만 전달하면서 위로하는 기회를 가졌다. 또 재일동포 가운데는 안타깝게 한센병을 앓아 사회로부터 거의 격리되어 일생을 고립된 채 사는 키쿠치원을 찾아 매년 위로하는 일도 잊지 않았다.

이런 생활을 하면서 기억에 남는 사람들이 있다. 김연식 씨는 정말 애국심이 있는 분으로 고물상을 운영하셨으며 전 단장님을 역임하였다. 교육재단 장학금도 후원하시고 민단의 발전을 위하여 헌신적으로 고생을 많이 하신 분이다. 하루는 저녁에 방문을 하게 되었는데 반찬 한 가지에 외롭게 식사를 하시고 있는 모습을 보니 눈물이 났다. 이에 아내에게 부탁하여 김치를 만들어 전해 드렸다. 얼마 후 혼자 남게 되어 영구귀국을 할 계획을 세우고 계셔서 도와드렸다. 이후 이분은 한국에 귀국하여 고향의 장학재단에 1억 원을 기부하셨다.

이곳에 거주하는 재일동포들의 형편을 살펴보면 빈부격차가 심하다. 비교적 부유한 계층은 파친코를 운영하는 분들이고, 어느 할머니는 한국에서 초등학교도 나오지 않고 일본에 오게 되었는데 일본어를 배워 65세에 운전면허증을 받았다고 한다. 생계유지를 위하여 부산을 오가면서 보따리 행상을 하였는데 작년 말에는 민단단장님과 사무국장이 100세 기념 축하방문을 하자 당시 교육원장인 나하고 통화를 하고 싶다고 하여 현 단장님이 전화를 연결하여 주신 덕분에 통화를 할 수 있었다.

다양한 교류 활동

이곳 교육원 근무 중 가장 많이 한 업무로는 한국에서 온 다양한 연수단을 3년 반 동안 안내하는 일이었다. 유치원교육, 선진지 시찰단, 문화 관광시찰단 등 다수의 한국인이 방문하였다.

5년이 짧은 기간이라 할 수 있지만 기관장으로 학부모로 민간 외교관으로 내가 만난 일본인들은 매우 다양하였다.

1998년 2월 임기만료로 귀국을 앞두고 유학시절 홈스테이로 인연을 맺었던 홋카이도 엥가루에 일주일 동안 아이들과 일본을 여행하는 기회를 가졌다. 우리 가족이 함께 JR패스를 이용하니 엄청난 시간이 걸렸다.

JR, 신칸센을 이용하여 구마모토에서 새벽 6시에 출발하였는데 목적지에는 그 다음 날 오후 1시경에 도착할 수 있었다. 비행기로 가면 시간도 많이 절약할 수 있었지만 일부러 아이들이 몸으로 일본을 체험하는 기회를 갖도록 하기 위한 기획여행이었기 때문이다.

돌아오는 길에 토교의 관광지를 둘러보고, 유학시절에 다녔던 나고야 사쿠라야마교회에서 교인들과 교류회도 갖으며 1박을 하였다. 이튿날은 교토, 나라를 거쳐 오사카에 근무하는 이영송 후배 집에서 1박을 하고 귀가하였다. JR, 신칸센을 타고 일주하는 일본열도 왕복여행을 의미있게 잘 마쳤다. 이 경험을 살려 진아도 도교외국어대 유학 시절 홋카이도에 홈스테이를 하고 진명이도 다시 가는 기회를 가졌다.

구마모토에서 진명이는 시립코센소학교를 졸업하고, 게료중학교에 진학하여 2학년까지 다녔고, 진아는 게료중을 졸업한 후 유명한 사립고인 큐슈학원고교에서 2학년 과정을 마쳤다. 5년이란 결코 짧은 시간은 아니었지만 아이들은 성장기를 거치면서 한국보다는 일본 속에서 자라 일본 아이들과 소통하는 것이 더 쉬웠을 것이다. 우리 가족은 각자가 자기가 처한 상황에서 누구의 지시를 받으면서 행동하는 것이 아니라 자신의 판단에 따라 주도적으로 자신을 만들어 가는 소중한 기회가 되었을 것이다. 이것이 바탕이 되었기에 대학교육 기간 중에는 또다시 1년씩 일본대학 문화를 체험할 수 있는 유학생활도 하게 되었다.

한일교류의 필요성

한일간에는 이웃 국가로 서로를 알기 위해서는 진정한 대화가 필요하다. 또 그 밑바탕에는 상호간에 존중하는 마음이다. 이런 관계를 파괴하는 것은 장기적으로 동북아시아 안정과 발전에 도움이 되지 않는다. 사실 한일 간의 갈등이 일어날 때마다 곤란을 겪는 사람들은 재일동포와 일본에 거주하는 한국인 상사직원을 비롯한 유학생과 거주자들이다.

앞으로 이러한 문제를 해결하기 위해서는 장기적인 안목에서 프로젝트가 필요하다. 더 중요한 것은 편하게 살기 위해 자식을 적게 출산하는 현실이지만 한일 간의 보다 바람직한 미래를 위해 한국과 일본이 원만한 호혜 협력 국가가 되도록 '자식'을 많이 낳았으면 좋겠다. 양국의 지도자들이 열린 마음으로 정책을 수립하여 문화 및 청소년 교류 증대 특히, 자라나는 중·고등학교 학생들이 다양한 채널을 통하여 교류가 이루어지기를 기대한다. 이를 위해서는 성인들의 노력이 절실하다. 특히 미래를 지향하는 혜안을 가진 사람들의 노력에 희망을 걸어 본다.

현재는 과거의 산물이다. 현재를 알고 미래를 알기 위해서는 역사적 과정을 깊이 연구해야 한다. 친일, 반일의 논쟁만이 아닌 지일이 필요하다. 앞으로 한일 간의 관계를 호전시키기 위해서는 국민들의 올바른 역사인식이 필요하고, 양국간의 교류를 파괴하는 과거사의 죽창가를 들먹이는 생각은 바르게 보는 시각을 마비시킬수 있다.

일본이 우리보다 먼저 발전하면서 겪고 있는 다양한 문제들은 시간이 조금 지나면 우리나라에 곧 밀려오는 과제들이 많다. 일본을 단편적이고 겉으로 보면서 생각하기 보다는 도도히 흐르는 동북아의 역사기류를 무시하거나 가볍게 보아서는 안 될 것이다. 따라서 일본이 오늘날의 경제대국인 점만을 부러워하지 말고, 피지배자의 피해의식을 탈피하여 우리가 끝까지 지켜야 할 민족정기와 국제사회에서의 역할, 그리고 미래에 대한 희망을 잃어서는 안 될 것이다.

프로필

- 전남도교육청 장학사
- 주일 후쿠오카한국교육원장 근무
- 순천동산여중, 광양여중 교장 근무 후 퇴임
- 도산선비문화수련원 지도위원
  한국교육신문 e-리포터.
- 저서: 교육의 텃밭에 씨를 뿌리며(2015)
  　　　한국교육의 새로운 지평(2016), 나는 교사가 좋다(2021)
- 수상: 모범공무원상(국무총리), 황조근정훈장

내일은 또 새로운 날이야

김 대 희

내 딸 성원이가 나에게 찾아온 때가 엊그제 같은데 벌써 22번째 겨울을 맞이한다. 발달장애로 인해 조금 특별한 아이로 태어난 성원이. 천사들이 회의를 해서 이 아이가 가장 행복할 수 있는 가정에 보내준다고 한다. 나에게는 가장 행복한 순간이었지만 나를 엄마로 만나게 된 성원이도 그랬으면 좋겠다.

아이를 키우면서 다른 부모도 똑같이 겪는 그런 식상한 이야기를 장황하게 써 내려가다가 모두 지워버렸다. 나의 경험과 내 인생을 아이에게 통째로 갈아 넣었다는 구구절절한 사연과 그 위에 나의 아이가 장애가 있다는 가슴 아픈 스토리. 어디서나 흔히 볼 수 있는 그런 뻔한 이야기였다. 그때 언뜻 떠오른 생각

'성원이의 목소리로 성원이가 하고픈 이야기를 써보면 어떨까?'

나도 모르게 자판을 두들기는 손가락이 춤을 추기 시작했다.

내가 태어난 해에 아빠는 미국에서 박사과정 중에 있었다. 하지만 나는 태어나자마자 신생아 중환자실로 옮겨지고 한 달 간 거기에서 지내게 되었다. 미국 의사는 나를 보자마자 심각한 얼굴로 아빠 엄마에게 통보하듯 말했다.

"아기가 장애를 가진 것 같아요. 지켜봐야 하겠습니다."

중환자실에서 나는 나와 비슷한 많은 친구들을 만났다. 심각한 장애를 갖고 있는 친구들에 비하면 나는 너무 건강한 아이였다. 여러 가지 신호를 기록하는 온갖 기계들을 줄줄이 단 채 인큐베이터에 들어가서 매일 힘든 검사를 받았다. 젖을 빨 힘이 없어서 튜브를 통해 우유를 먹었다. 간호사와 의사선생님께서 하루에도 몇 번씩 나를 관찰하러 왔다. 지금 생각해 보면 나는 이 과정을 꽤 씩씩하게 버틴 것 같다. 그리고 아빠, 엄마가 매일 나를 찾아왔다. 하루 종일 꼭 안아주고 사랑스럽게 말했다.

"우리 아기 예쁘다. 사랑해."

엄마, 아빠도 부모 역할이 처음이라서 서툰 손길이었지만 기저귀도 직접 갈아주고 우유도 타 주면서 정성껏 돌봐주었다. 따뜻한 물에 목욕하는 시간이 참 좋았었던 기억이 난다.

그렇게 2주 정도 지났을 때 부모님과 의사들이 미팅을 하고 검사 결과를 알려주었다.

"따님은 발달장애를 갖고 있습니다."

"정말 우리 아이가 그렇다고요?"

그 이후 엄마는 매일 울기만 했다. 뭔가 잘못된 건 알았다. 그게 나의 문제인 건 짐작만 할 뿐 어떤 상황인지 이해가 되지 않았다.

그렇게 몇 주가 지나고 퇴원할 수 있었다. 집에는 외할머니, 삼촌이 한국에서 와 계셨고 나를 많이 예뻐해 주셨다.

"어머, 이 귀여운 아기가 우리 손녀구나."

친할머니께서도 방문하셔서 나를 보시고는 또 예쁘다고 좋아하셨다.

그 뒤 한국에 와서는 외할아버지, 친할아버지도 만났다.

"아니, 우리 손녀는 에미보다 100배는 예쁘구나."

외할아버지가 과도하게 나를 예뻐했다. 온가족의 중심이 되어 모든 사랑을 마치 새로 들여놓은 화분처럼 받았다.

그 뒤 나는 아빠 엄마의 공부와 연구 스케줄에 따라 미국과 한국을 번갈아 오가면서 지냈다. 마지막으로 한국에 오기 전 1년은 아빠가 먼저 귀국하고 엄마랑 둘이 미국에서 지내게 되었다. 한국에 직장을 잡은 아빠와 미국에서 치료를 받아야 하는 내가 처음으로 떨어져 있게 된 거다. 하지만 아빠와 매일 화상으로 만났다.

"우리 성원이 보고 싶어. 빨리 만나자."

화상으로 만나도 아빠는 이 말만 반복했다. 마침내 귀국할 때 친할아버지께서 마중을 나오셨고 나를 꼭 안아서 집으로 데리고 가셨다.

한국에 와서도 엄마랑 병원에 다니면서 계속 치료에 전념했다. 치료라고 말했지만 나는 선생님과 같이하는 놀이 같아서 재미있었다. 치료가 끝나고 나가면 엄마가 벽에 기대서 졸고 있었다. 하루 종일 내 매니저 역할이 힘들었을 것 같다는 생각을 지금에서야 하게 되었다. 유치원도 좋은 선생님과 재미있게 보내고 한국에 있는 국제학교에 입학하였다.

처음에는 한국어와 영어를 섞어가면서 말했지만 어느 정도 시간이 지나니까 두 언어가 구분이 되고 학교에서는 영어로, 학교 밖에서는 한국어로 말할 수 있게 되었다. 친절한 선생님, 좋은 친구들과 함께 다닌 12년 국제학교는 유치원 때보다 더 재미있고 흥미로웠다. 특히 영어와 수학을 잘해서 많은 칭찬을 받았다.

부모님께서는 이처럼 나에게 음악, 미술, 운동, 공부 등 이것저것 많은 것을 경험하게 해 주셨다. 그 가운데서 그림그리기는 지금 나를 작가로 만들어 준 소중한 기회가 되었다. 우연한 기회에 어린 나이에 공모전에서 큰 상을 받고 갑자기 작가라고 불렸다. 여러 행사에 초대되는 꽤 유명한 화가가 되어 있었다. 미국으로 다시 돌아갈까도 생각했지만 이미 한국에 적응해 버렸기에 나는 계속 머물기로 결정하였다. 무엇보다도 가족들과 같이 있고 싶은 마음이 가장 컸던 것 같다.

고등학교를 졸업하고 대학에 도전했다. 어렵겠지만 나중에 후회하지 않게 한번은 시도해보고 싶었다. 국제학교를 다녀서 영어권 나라 외에는 학력이 인정되지 않아서 초등학교졸업부터 고졸까지 가장 빠른 방법인 검정고시에 응시했다. 내 자랑을 조금 하자면 초졸부터 대학입학까지 한 번의 실수도 없이 2년 만에 속성으로 합격했다. 대한민국 고시에 보란 듯이 합격한 것이다. 포기하지 않고 끝까지 도전해서 나의 노력으로 이 모든 걸 이룬 점은 나 자신에게도 상을 주고 싶다. 미술실기시험과 수능을 치루고 당당하게 정시에 대학에 합격하였다. 미대생이 된 것이다. 많은 선생님들이 도와주고 가족들의 응원이 있었기에 가능했다. 나를 믿고 무한지원해 주신 부모님, 할아버지, 할머니. 모든 가족들을 생각하면 지금도 심장이 크게 뛴다. 이것이 무슨 의미인지도 이해할 수 있을 만큼 나도 많이 성장했다. 가족들이 나에 대해서 조금 덜 걱정해도 될 것 같다.

지금은 계속 작품 활동하면서 국내, 국외 전시회와 많은 행사에 참여하고 있다. 대기업과 콜라보 작업도 했다. 청와대에서 전시회도 참여했다. 내가 그린 삽화가 들어간 동화책도 2권이나 출판되었다. 영광스럽게도 우리나라 최고의 동화작가인 고정욱 작가님이 글을 쓰시고 내가 그림을 그렸다. 디자인도 같이 공부하고 있어서 순수미술과 접목하여 내 작품을 더 발전시킬 계획이다. 과거에는 막연히 생각만 했던 모든 일이 현실이 되고 있어 신기하다. 앞으로도 그럴 것이다. 이 세상에 불가능은 없다는 말이 정말 사실이라고 생각한다.

엄마인 내가 상상으로 쓴 우리 아이 성원이의 글이다. 우리 딸 성원이는 어느덧 청년이 되었다. 그 사이 나는 앉았다 일어날 때 나도 모르게 에구구 하며 힘을 써야 하는 걸 보니 나이를 먹은 것도 새삼 느끼게 된다. 정신없이 살아왔고, 옛날의 열정도 많이 사라졌다. 그저 우리 세 식구 건강하게 큰 일 없이 잘 사는 것이 최대의 목표이고 소박한 소망이 되었다.

이제 와 돌이켜 보니 내가 성원이를 사람 만든다고 열심히 뛰어다녔다고 생각했는데 철부지 나를 엄마가 되게 해주고 성숙하게 만들어 준 사람이 성원이었다. 나를 보고 웃어주고, 사랑한다 말해주었다. 안아주고, 기쁨과 행복을 주었으며, 매일을 알차고 후회 없이 살게 해준 성원이. 한 치의 망설임 없이 내 심장을 내줄 수 있는 성원이에게 매일 미안하고 감사하다. 나와 성원이를 믿어주고 눈동자처럼 지켜준 하나뿐인 남편. 사랑한다. 그리고 항상 응원해 주고 영원히 나의 힘이 되어 줄 가족 모두에게도 감사하고 또 감사하다.

곁에서 돌봐주는 내가 없어지면 세상에 혼자 남겨질 성원이를 생각하면 솔직히 막막하다. 그래도 아직까지는 잘 해내고 있는 아이를 보면 '나만 잘 하면 되는구나'라는 생각이 든다. 다시 태어나도 성원이 엄마로 태어나고 싶은데 성원이도 나에게 다시 와 줄지는 본인에게 한번 물어봐야겠다.

유명한 영화 〈바람과 함께 사라지다〉에 '내일은 또 새로운 날이야(Tomorrow is another day)'라는 대사가 나온다. 이 말처럼 그때는 또 다른 희망찬 세상이 펼쳐질 것을 믿고 오늘도 알찬 하루를 시작한다.

*발달장애 천재화가 정성원의 어머니

• cuttee@nate.com

DREAM IS NOW HERE

김 용 한

"선생님! 왜 이런 장애아가 태어나는 겁니까?"

"우리 부부는 건강하고, 나름대로 착하게 살려고 노력해 왔는데…"

특수교육 현장에서 만난 많은 부모는 자신의 가정에 장애 자녀가 생겼다는 것을 좀처럼 받아들이지 못하고 낙심하는 경우가 많았다.

"DREAM IS NO WHERE"

이렇게 절망하는 부모들에게 '교육의 가능성'을 일깨우는 일은 쉽지 않았지만 그들이 자녀의 장애를 인정하고 가진 꿈과 재능을 꽃피우도록 돕는 일은 나에게 주어진 사명으로 여겼다. 장애 자녀를 평생동안 돌봐야 하는 부모의 삶은 마라톤과 같이 힘들고 고단한 여정이다. 교육현장에서 만난 두 장애인 가족들의 고민과 아픔에 공감하며 '페이스 메이커'로 함께 달려 온 교육자로서의 보람된 삶의 체험을 나누고자 한다.

편견이 눈을 감으면 가슴이 음악을 듣는다!

국립한국선진학교에서 만난 성호는 당시 중학교 1학년이었다. 남달리 호기심이 많고 에너지가 넘쳤다. 다른 사람과 눈 맞춤이 안 되고, 교실에서 자리에 앉아 수업에 집중하는 일도 힘들었다. 전형적인 자폐 스펙트럼 장애의 행동 특성을 지닌 아이였다. 쉬는 시간에는 다른 교실을 돌아다니며 책을 뒤지거나 늘 새로운 물건에 관심을 보였다. 성호의 과잉행동으로 인해 수업에 지장을 주는 일도 많아 수업참관일에는 다른 어머니들로부터 눈총을 받기도 하였다.

이러한 성호의 행동을 순화시키고 지구력을 높이기 위해 어머니에게 학교 수업을 마친 후 운동장 달리기를 하도록 권하였다. 처음에는 운동장을 달리다가 교문 밖으로 뛰어나가기도 했다. 어머니는 성호의 행동을 개선함과 동시에 당신의 체력도 길러야겠다며 운동복과 운동화를 준비하여 성호와 함께 운동장을 달리셨다. 그렇게 매일 달리기를 하면서 성호는 지구력이 길러졌고, 그 후 장애인체육대회와 3.1절 마라톤 대회의 하프 코스에서도 좋은 성적을 거두었다. 어머니는 운동을 통한 성호의 성장 가능성을 확인하면서 어떤 도전이든 성호와 함께 최선의 노력을 다해보겠다는 의지를 보이셨다.

운동과 함께 성호가 좋아하는 과목은 음악이었다. 일반 초등학교 1학년 입학 때부터 음악 시간에 선생님이 오르간을 연주하면 앞으로 나와 자신도 해보고 싶다고 떼를 썼다. 담임선생님의 권유로 2학년 때부터 피아노 레슨을 받았는데 음악 이외에는 관심이 없고 학습능력이 지체되어, 중학교 진학을 앞두고 특수학교인 한국선진학교로 전학을 하였다. 성호는 전학 후 피아노 실력을 인정받아 '한국선진합주부'에 들어가 마림바(실로폰)를 담당하게 되었다. 발달장애 학생들이 악기를 배우는 일은 참으로 힘든 과정이었다. 그래도 인내를 갖고 연습을 거듭했다. 이들을 가르치는 선생님들의 열정과 어머니들의 숨은 노력으로 합주단의 연주실력은 나날이 발전해 나갔다. 입학식과 졸업식 등 학교 행사에서 오프닝 무대를 장식했던 합주단은 특수학교 학생 기능경진대회와 장애 학부모 행사 등 외부 기관의 축하 행사에도 여러 차례 초청을 받았다.

성호는 고등학교 때 합주단 선생님의 권유로 다른 악기 연주자들과 협력할 수 있는 사회성을 길러주기 위해 클라리넷도 배우게 되었는데 호흡량이 좋아 쉽게 소리를 내고 연주 기능을 빠르게 습득하는 모습이 놀라웠다. 어머니는 성호의 이러한 타고난 음악적 재능을 키워주고 싶은 마음이 간절했으나 당시 고등학교 졸업 이후 대부분의 발달장애인은 생활 자립을 위해 보호작업장으로 진로를 모색하고 있었다.

"선생님! 성호가 좋아하고 재능있는 음악 분야에서 직업을 가질 수는 없을까요?"

어머니의 고민은 특수교육 전문가로 자부하고 있는 나에게 과제가 되었다. 마침 발달장애인들로 구성된 오케스트라를 운영하고 있는 하트하트복지재단의 소식을 들었다. 오케스트라 담당자에게 문의한 후 어머니에게 클라리넷 단원 모집에 도전하게 했다. 2007년 성호는 하트하트 오케스트라 오디션에 당당히 합격을 하였고, 2015년까지 심포니 클라리넷 수석으로 활동하며 음악적 발전을 가져오게 되었다. 하지만 전문 연주자로 더욱 성장하기 위해서는 체계적인 전문 교육을 받아야 했다. 그래서 백석예술대학 관현학과와 백석대학 콘서바토리 과정에 입학하여 비장애인도 힘든 전공 과정을 어머니의 눈물의 기도와 꾸준한 레슨, 그리고 하루 4시간 이상씩 피눈물 나는 연습 덕분에 무사히 졸업을 하게 되었다.

그러나 하트하트 오케스트라에서의 음악 활동은 프로그램 중심이라 8명의 클라리넷 단원 어머니들은 자녀들에게 전문 프로 연주자의 길을 열어주기 위해 2015년 독립하여 국내 최초 발달장애인 직업 연주단체인 사회적협동조합 〈드림위드앙상블〉을 창립하게 되었다. 이때 하트하트 오케스트라에서 클라리넷 지도 담당이었던 고대인 선생님도 함께 나와 앙상블 단원들을 더욱 열정적으로 지도해주었다. 성호는 현재 드림위드앙상블 단원들 중 맏형으로서 연주 활동에 힘쓰고 있으며, 수원시 힐링문화단 연주자로서도 10년 이상 꾸준히 활동하고 있다. 또한, 4명의 발달장애인으로 구성된 벨루스 클라리넷 앙상블의 단원으로서도 활동하고 있는데 연주자의 겉모습이 아니라 연주 음악을 들으면 장애를 느낄 수 없을 정도의 훌륭한 음악성과 아름다운 하모니로 이루어진 선율이 관람하는 관객들의 마음을 촉촉이 적시기에 전혀 부족함이 없다.

특히 성호는 2017년 8월에는 SBS 스페셜 '서번트 성호를 부탁해'라는 다큐 프로그램에서 음악적 재능을 가진 장애인 형만 돌보는 엄마와 비장애 동생과의 갈등을 음악 세계를 통해 풀어가는 스토리로 화제가 되었다. 이러한 숱한 고난을 겪으면서도 음악적 도전을 계속해 온 어머니 '민서'씨와 성호의 끈질긴 삶의 스토리를 10여년간 영상으로 담아온 정관조 감독은 다큐 영화 [녹턴]을 제작하여 2019년 9월에 개봉하였다. 이 다큐 영화는 2020년 모스크바 국제영화제에서 다큐 부문 최우수상을 수상한 바 있다. 이 영화에서 동생 건기는 자폐성 장애를 가진 성호 형에게 음악으로 승부를 거는 엄마의 행동이 무모해 보여 늘 불만이었지만, 러시아의 미하일로프스키 오케스트라와 협연을 위한 여정에서 엄마를 대신하여 쌍트페테르부르크까지 동행하는 과정에서 형이 가진 음악적 빛을 발견하고 엄마에게 냉소적이던 마음을 되돌려 조력자로서 거듭나는 모습은 관람객들에게 깊은 감동을 주며, 장애 자녀를 가진 부모들에게 희망을 선물해주고 있다.

*영화 「녹턴」 스틸컷

그림으로 세상과 소통하는 보석 같은 맑은 눈을 가진 꿈쟁이

밀알학교 교무실에서 전입학 상담을 온 어머니와 함께 만난 기정이는 수줍은 듯 고개를 푹 숙이고 있었다. 어머니가 "교감선생님께 인사해야지"라고 말하니 고개를 잠시 들고 나를 응시하다가 말은 못하고 다시 고개를 숙이었다. 부끄러워하면서도 나를 바라보던 그 눈동자가 보석같이 맑게 빛나고 있었다. 어머니 말로는 가족들 외에 다른 사람과는 전혀 말로 소통을 하지 않는다고 했다. 그 당시 중학교 3학년인 기정이에게 '선택적 함묵증' 증세가 시작된 것은 초등학교 1학년 때였다고 한다.

어린이집에 다닐 때부터 기정이는 유난히 여리고 예민한 탓에 다른 아이들과 달리 낮잠 시간에 잠을 자지 않았고, 심지어 파리가 날아다니면 무서워서 울 정도였다고 한다. 물론 어떤 때는 어린이집으로 가는 등원 길에 승용차 CD에서 나오는 동요를 큰 목소리로 따라 부르며 씩씩한 모습을 보이기도 하였다. 하지만 어린이집에서 긴장한 탓에 낮잠도 전혀 안 자고, 수족구병에도 걸리게 되어하는 수 없이 기정이는 어린이집을 그만 둘 수밖에 없었다. 그 후에도 낯을 많이 가리고 소리에 민감하던 기정이는 유치원부터 초등학교 3학년까지 '조금 지나면 나아지겠지!'하는 부모의 간절한마음과는 달리 힘든 학교생활의 연속이었다.

그러다가 운명의 초등학교 4학년 때, 담임선생님은 이런 아이들을 잘 아신다고 하면서 맡겨달라고 했다. 수줍어서 대답도 잘 하지 못하는 아이를 반항하는 것으로 생각하여 계속 다그치듯 대하니 그때부터 기정이는 점점 더 말을 하지 않게 되고 표정도 어두워져 갔다. 그래서 기정이 부모는 일반 초등학교가 아닌 대안학교를 찾아 여기저기 원서를 내고 다녔다. 그렇지만 기정이와 같은 '함묵증' 아이를 받아줄 학교를 쉽게 찾지 못했다. 학교에서 돌아오며 씨익 웃는 그런 행복한 기정이의 웃음을 찾아줄 학교를 발견할 수 없었기에 부모는 절망의 구렁텅이로 빠져드는 느낌이었다고 한다.

그렇게 불안한 세월을 보내던 중 필리핀에 사는 어머니 지인을 통해 몬테소리 교육 방법으로 대학까지 연결된 좋은 시스템을 갖춘 학교가 있다는 소식을 듣고 기정이는 6학년 때 어머니와 동생과 함께 필리핀으로 유학을 떠나게 되었다. 하지만 처음 예상과는 달리 기정이의 교육 발전에 큰 성과가 없었다. 무엇보다 해가 갈수록 아빠를 너무나 그리워하였기에 4년만에 결국 귀국하기로 결정하였고, 한국에서 다른 학교를 알아보던 중 밀알학교를 소개받게 되었다.

그런데 어머니는 밀알학교가 발달장애 학생을 위한 특수학교이므로 전입학 원서를 쓰기까지 많은 고뇌의 시간이었다고 한다. 왜냐하면 기정이가 장애가 아니라 단지 수줍음이 많은 아이이고 곧 치료를 통해 나아지리라고 굳게 믿고 싶었던 마음이 컸기 때문이었다. 어머니는 더 이상 기정이의 함묵증을 방치할 수 없어 뒤늦게 장애로 인정하고 이해하며 밀알학교에 상담을 오게 되었던 것이다. 당시 밀알학교 중등부 3학년은 2개 학급이었는데 두 반 모두 학생 수가 정원보다 많은 상태였다. 그래서 상담 후 1반 담임선생님을 교실로 찾아가서 만나 기정이의 형편을 설명하고 1명 더 받아 달라고 간곡하게 부탁을 하였다. 담임선생님은 교감의 정중한 요청에도 처음에는 당황한 기색이었지만 기정이의 절박한 상황을 이해하고 학생의 생명을 살리는 일이라는 마음으로 동의해주었다.

　전입학 후 담임선생님의 세심한 배려와 밝은 학교 분위기에서 기정이는 점차 정서적 안정과 자심감을 회복하게 되었다. 교실이나 학교 행사 때 가끔 나를 만나면 목소리는 작았지만 '안녕하세요?'라고 인사를 하기에 이르렀다. 그리고 고등학교에 진학한 후에 기정이는 직업 시간에 꼼꼼한 솜씨로 수공예 작품을 만들어서 선생님의 칭찬을 받고 나서는 정말 기뻐하였고, 공예 작품 만드는 것을 취미로 갖게 되었다. 그 외에도 학교 대표로 나간 도예작품 대회와 컴퓨터 대회, 그리고 바리스타 교육은 기정이에게 꿈과 소망을 일깨우는 밑거름이 되었다.

　특히 미술 전문 교사들이 방과 후에 지도해주는 '삼분의 이' 미술교육은 기정이의 숨은 재능을 발견하고 성장시키는 계기를 만들어 주었다. 고등학교때부터 아산복지재단에서 후원하는 블로썸의 한 명의 작가로써 일러스터를 꿈꾸며 각종 작품 전시회에 참여하였고, 전공과 졸업 이후에는 발달장애인 아티스터들과 가족들이 연합하여 만든 사회적협동조합, 〈아르브뤼코리아〉 소속으로 다양한 작가 활동을 이어오고 있다. 작년 5월에는 인사동 아르떼숲 갤러리에서 첫 개인전, '씨앗심기_ 그 견딤과 기다림의 시간'을 열어 아르브뤼 작가로서의 재능을 널리 알리게 되었으며, 홈페이지(kijungdaum.com)와 인스타그램(https://instagram.com/kijung_kim)을 통하여 지금도 언제든 온라인 전시를 만날 수 있게 되었다.

한편 기정이는 2012년 부터 밀알복지재단이 운영하는 밀알첼로 앙상블 〈날개〉의 단원으로 11년간 활동했으며, 지금은 솔리스트 푸르시에 첼로앙상블 단원으로써 그림을 그리는 첼리스트 '김기정'의 희망찬 미래를 꿈꾸며, 오늘도 열심히 첼로 연습과 함께 그림을 그리며 세상과 소통해 나가고 있다. 나아가 장애 때문에 힘들어 하는 이들뿐만 아니라 비장애인에게도 한 알의 밀알로써 세상 어느 곳에서든 다른 이의 희망이 되고 위로를 줄 수 있는 꿈쟁이로 더욱 행복한 날개를 펴고 있다.

프로필

- 대구보명학교, 국립 한국선진학교 교사 근무
- 일본 문부성 초청(국비) 교원 연수 유학(츠쿠바대학교)
- 밀알학교 교감, 용인강남학교 교장 근무 후 정년퇴임
- 現) 강남대학교 사범대학 외래 강사
- 現) 에이블아트 이사, 로아트(미술작가 모임) 고문으로 활동 중

다중인격 엄마

김 유 정

옛날엔 혈액형 성격 테스트가 유행이었다. 꼼꼼하고 성취욕 강한 A형, 자존심 강하고 실천력 좋은 B형, 머리 좋고 독특하다는 AB형, 그리고 오지랖의 대명사 O형. 어렸을 땐 내가 다른 혈액형에게도 피를 나눠 줄 수 있는 이타적인 O형이라는 사실에 조금 뿌듯했다. 하지만 '세상 사람들을 달랑 네 종류로 나눈다고?'라는 현실적인 의문에 부딪혔고, 혈액형 테스트 결과를 철석같이 믿는 친구들이 이내 한심해 보였다.

하지만 유행은 돌고 돈다지 않나. 어느 날 딸아이가 내게 물었다.

"엄마는 MBTI가 뭐에요?"

전국민이 MBTI 테스트에 휩쓸려 "너 T야?"가 유행어가 된 지금, 꿋꿋하게 테스트를 한 번도 하지 않고 버틴 자가 있었으니 그게 바로 나였다.

"엄마는 그런 거 안 믿어."

일종의 심리 테스트니까 혈액형 분류보다는 낫겠지만, 전국민 유행 광풍엔 나도 모르게 반항심이 생긴다.

"그래도 한번 해 보세요, 네? 네? 네?"

나왔다, 〈트리플 네〉. 굴복하지 않으면 귀에서 피가 날 때까지 듣게 되는 "네." 그것도 장화 신은 고양이의 초롱초롱한 눈을 마주하다니.

"넌 뭐 나왔는데?"

"엄마 결과 나오면 저도 알려 드릴게요."

저 끈기와 협상력은 MBTI 중 뭐와 관련된 걸까 생각하며 아이가 알려주는 대로 핸드폰에서 MBTI 사이트에 접속한다.

"근데 말이야. 이게 별로 의미 없는 게… 사람은 양가적인 성격을 다 갖고 있어. 그냥 어느 쪽으로 쬐금 더 기우느냐에 따라 결과가 그렇게 나오는 거야."

"양가적인 게 뭐에요?"

"한 사람이 정반대 성향을 다 갖고 있다고. 엄마가 어떻게 아냐고? 내가 산 증인이야."

그리고 나는 문제를 대충 보면서 아이가 물어보지 않은 내 어린 시절 이야기를 시작한다.

나는 초등학교를 다섯 군데 다녔다. 이 얘기를 듣는 사람들은 대개, '니 아부지 뭐하시노' 표정으로 우리 아빠 직업을 궁금해 하거나(그들의 기대와 달리 아빠는 평범한 은행원이셨다) 어린 나이에 적응하느라 고생했다며 위로의 말을 건넨다. 처음 한두 번 학교를 옮겼을 때는 워낙 저학년이라 별 느낌이 없었지만, 초등학교 4학년 세 번째로 전학 간 학교는 달랐다.

"쟤가 서울에서 전학 온 가시나야?"

쉬는 시간마다 다른 반 아이들이 우리 반을 기웃거렸다.

'가시나? 왜 나한테 욕하지?'

지금이야 서울 전학생이 뭔 대수일까만 80년대 후반엔 나름 신기한 존재였다. 전주에 오기 전까지 난 조용하고 존재감 없는 학생이었다. 앞장서서 일을 꾸미기보다 한 걸음 뒤에서 관찰하는 성격이었다. 이러니 내가 혈액형 테스트를 믿을 수 있겠는가. 나대는 O형 비글은 대체 내 안 어디에 있을까?

"서울에선 그런 옷이 유행이야?"

철 지난 옷을 입고 가도 아이들이 눈을 반짝이며 물어봤다. 수업 시간에 누구나 알 수 있는 문제를 맞춰도 감탄했다.

"오, 역시 서울에서 온 아이는 다르다니까!"

일거수일투족을 감시받는 느낌이라 학교에 가기 싫었다.

어느 날, 예전 서울 학교를 그리워하며 잠을 청하는데, 이상하게 엉뚱한 기억들만 떠올랐다. 음악 시험 보다가 음이탈이 나서 얼굴이 온통 빨개진 기억. 하교 때마다 날 괴롭히던 녀석에게 화 한번 못 내고 놀림 당하던 기억. 체육 시간에 좋아하던 남자애 앞에서 우스꽝스럽게 넘어진 기억. 이불 킥을 부르는 장면들이 자꾸만 꼬리에 꼬리를 물었다.

'내가 그동안 이렇게 흑역사가 많았나?'

그러다 문득 생각한다.

'근데 여기 친구들은…여기 선생님들은 이런 내 모습을 전혀 모르잖아?'

생각해 보면 그 어린 나이에 '인생 리셋' 개념을 어렴풋이 포착한 것 같다. 이게 요즘 웹소설에서 유행하는 '회귀물'과 다를 게 뭐 있는가. 아니, 오히려 더 현실적이다.

전주에서 인생을 재부팅한 나는 반 친구들과 함께 MBC 어린이

합창단 시험을 보러 갔다. 여섯 명 모두 1라운드에서 입 떼기 무섭게 탈락하긴 했다. 버스를 몇 번씩 갈아타서 시내 롤러스케이트장을 다녔고, 학교 연말 장기자랑에 쓸 캐롤 안무를 짰다. 소위 잘나가는 아이가 되었다.

"우와, 우리 엄마 인싸였네요?"

내 과거를 소환한 아이가 웃는다. 나의 과거 필름은 계속 돌아갔다.

그런데 전주에서 그렇게 정신없는 6개월을 보내고, 서울로 돌아온 나는 네 번째 학교에서 다시 조용한 관찰자가 되었다. 그러다가 다섯 번째 학교에서 또 나대기 시작했다. 이런 패턴이 계속되어 나중엔 심지어 학년만 바뀌어도 나는 다른 사람이 되었다. 학년에 따라 날 보는 친구들의 시선도 달라졌고, 나중엔 고1 동창과 고3 동창이 나에 대해 얘기할 때, 서로 같은 사람을 두고 얘기하는지 몰라 헷갈려 했다.

"아니 도대체 왜 그랬어요?"

아이가 나무라듯 묻는다.

"글쎄… 엄마는 천성적으로는 I가 더 강한 사람인 것 같아. 그래서 그렇게 에너지를 쏟아 부으면 휴식이 필요한 거고. 근데 I로만 살기는 뭔가 아쉬운 거지."

"아…그래서 엄마가…. 결과 나왔다! 역시 엄만 INFP."

"근데…무슨 말하려고 했어?"

"드디어…엄마의 '다중인격'이 설명됐다고요!"

"뭐라고?! 넌 뭐 나왔는데?"

"엄마가 그러셨잖아요. 별 의미 없다고. 그래서 비밀이에요 히히."

뭔가 당한 느낌이지만, 내가 아는 우리 아이는 밝고, 배려심 깊고, 관찰력이 좋다. 굳이 아이 성격을 정해진 틀에 넣어서 생각하고 싶진 않다. INFP건 ESTJ건 아니면 또다른 무엇이건, 그게 그 사람의 모든 걸 대변한다고 생각하지 않기 때문에. 그런 생각으로 난 끊임없이 새로운 일을 갈망했고, 새로운 사람들을 만나 새로운 나의 모습을 발견하고 싶어 했다. 앞으로 나이가 들어서도, 좌절의 순간엔 리셋하는 기분으로 다시 일어서고, 내가 가진 장점들을 계속 더 발견하며 자신을 사랑하며 살고 싶다. 그리고 우리 아이도 그렇게 자기 인생을, 자기 성격을 끊임없이 탐험하며 살았으면 하고 바라본다.

프로필

- 프리랜서 번역가
- 장/단편 소설, 영화 시나리오 및 자막, 동화, 에세이 등을 번역.

난 할 수 있어

김 정 옥

이순까지 살아온
힘겨웠던 나의 삶들이 눈물뿐이 아니더라

눈물을 감추려고 하늘을 올려다보고 흐르는 눈물은
고개를 숙여도 멈추지 않는건 내설움 너무크더라
가는 곳마다 울분을 떠뜨렸지만
그 한숨 소리는 더 하더라

나의 세상 밖으로 나오던 날은
세상은 만만치 않더라
그 역경 다 이겨내고 보니
나에게도 희망이 있었으니
세상은 고민 없이 사는 사람 없다더라
저마다 표현이 다를 뿐이지
꿈은 꾸는 사람은 꿈을 이루어진다지

오늘도 나는 할 수 있어
그림을 그리며 근로를 한다

춘분(春分)

이 세계의 청년이여
안간힘을 다하여
얼어붙은 땅을 뚫어라

기름진 땅을 만들기 위해
이 시간 딿은 가슴속에
꿈을 심고 있겠지

청년의 희망 일자리
언젠가 꿈들이 실현이 되겠지
우리 땀도 움추렸던 맘
힘차게 부를 날 있을 거야

코로나 팬데믹 3년은
허공에 뜨고
꿈들은 늦어졌지만
우리의 청년 일어날 거야

전 세계가
화사한 봄꽃이 곱게 피는 날

우리청년들도 우뚝 서서
꽃이 피듯 활짝 피어나겠지

산천엔 만물의 땅을 뚫고
속삭이듯 청년들의 흩어진 꿈들도
고요속의 외침은 서서히 일어설 거야

춘분의 시작은
생동하는 봄 따라 축복의 날이 올 거야
이 세상의 청년들이여 일어나라
축복의 날의 날이 있을 거야
우리 모두 봄꽃이 피어 오는 날
아름답게 맞이하리라

중년의 눈물 속에 핀 꽃

청춘의 뜨는 해가 이글거림이
나에게 아름다운 빛이란 걸
난 그땐 몰랐었다
너무나 큰 사연이 태산 같아서
힘든 삶 이끄느라
난 미처 몰랐다

그 모든 아픔들이 중년의 마지막 나의삶이 밝게 빛나고
그 불타는 사랑이 그림으로
나에게 이제야 와서
기쁨으로 탄생되어
삶을 풍성하게 할 줄 이야

활활 불태우듯 붉은빛 노을이
이렇게 찬란하게 필 줄이야

이제 빛 노을 지고
어둠이 짓게 내리고
삭풍이 불어와도
그것들은 희망이었고

나의 끈이 되듯 내 마음 뜨락에는
쓸쓸하지 않을 것이다

流水같이 흘러가는
야속한 세월이여
너는 알겠지
잠시 가는 길 희로애락들이 있었기에
붉은빛 노을빛이
내 가슴에
이제사 고운 줄
중년이 되어서야 느낄 줄이야

어쩌다 자작

백두산을 내려오며
멀리서 보이는 흰 나무를 보았다
내가 그림을 그리고 글 또한 적지 않았다면 유심히 볼 수 있었을까

나의
한없는 세월동안 많은 기다림이
영천 자작나무 숲을 찾아갔다

나에게도 힘든 싸움이 있다고

또 내가 다니는
영천영대병원 들어서면
왼쪽에 자작나무가 몇 그루 있다
이 나무가 진짜이든 조형물이든 상관없다
나에게는 현실인 셈이다
늘 편안함을 주었고
자작자작 소리가 귓가에 들리는 듯하다
우연히 그린 자작은
꿈을 현실로 다가왔다

자작은 늘 변함없이 기다림이 되듯
또 검은 멍이 든 내 가슴을 환하게 밝아져 오듯이
평온함을 주고
희고 흰 자작의 웅장하게 서서
나와 함께 쭉쭉 올라가는 모습은
숲속의 여왕인 자작이 나를 이끈다
오늘도 자작나무의 기다림은 시작이 되고 있다

아쉬운 듯 부족함이 있는 듯
나의 작에 개인전은 완성이 되었다
언젠가 좋은 날이 올 것이고
소통의 자유로움이 있을 거라 믿으며
오늘도 자작이 나를 이끈다

강변 꽃밭을 거닐며

알록달록
곱게 피어 있는
예쁜 꽃 바라보니 내 마음이 예뻐지고
울 가족들이 생각난다

해바라기처럼 크게 웃던 언니가 보인다
오늘도 밝은 모습하고 있겠지

천사처럼 미소 짓던
울 엄마도 보인다 꽃밭에 앉아 길목마다
꽃씨심어 가꾸던 울 엄마
칸나를 그리 좋아 했던 울 엄마였지
손톱 마다 곱게 물들이던 봉숭아꽃 장독대마다 심겨있지
꽃빛 향기
길목에서서 기다리던 울 엄마
강변을 걷노라니
오늘은 엄마 닮은 백일홍 과홍초 꽃
아름다운 꽃들과
언니 닮은 해바라기 꽃들과
사랑스런 꽃들이

내 마음 속에 새겨진다
그때의
사랑했던 날들이 다시 올 수 없지만
내 마음에 꽃씨 심어 향기간직하리

프로필

- 수상 50여 회
- 개인전 3회
- 한국장애인미술협회정회원
- 2023년대한민국미술협회영천미협정회원
- 경남김해시 쇼우테크소속작가

꽃이여, 내게 침묵을

꽃이여
그대 바라봄이 기쁨인 것을

그대는
어찌 알고
이렇게 어여삐 피었는가?

잔잔히
내게 말하려
밤새 꽃 피웠는가?

고귀함에
그윽한 향기를 내어
온 마음이 울렁이니

한참을
넋을 잃고 바라보다
별빛이 흐드러져 있는 밤이 되었더라

별 아래

순결한 아름다움으로
영원히 지지 마소서

꽃이여 그 경이로움으로 인해
내가 당신을 아름답다고
노래할 수 있게끔
이 순간을 허락하소서.

다시 시작. 봄春

추운 겨울
메마른 가지에

어김없이
새싹이 돋고

다시

꽃이 필거라는 믿음이
힘든 시련 속에

새롭게 시작 할 수 있음을
축복하듯 봄이 노래한다.

눈 덮인 앙상한 가지에
피어오르던 아지랑이는
한낱 지나는 고뇌였음을

눈 녹이며 떨구는 눈물 방울방울이

결국 봄이 온다는 것을 알리고자
온몸으로 인내하며 싹 틔우는 기쁨이 되었도다.

그렇게
봄은 희망과 사랑으로
내게 찾아오고 있었다.

억새 무희

억새가
무희가 되어 춤을 춘다.

하늘이 마주하여 바라보니
아우성치며 지나가던 바람도
그 자리에 잠시 머문다.
강변에 서 있는 하얀
억새여.

무엇이
그대를 춤추게 했는가?

그토록 갈망하게 했는가?

누군가 물어보는 희미한 목소리에
춤추던 무희도 멈추더니
숙연해진 얼굴로 고개를 든다.

자리를 지키던 하늘과 바람이
다가 와

억새 무희 귓가에 속삭인다.

살며 쉼없이 춤추며
끝없이 사랑하라고

춤추며 노래하며 기도하다

길을 걸으며
그 길에 서 있건만

분명
내가 춤을 춘 것이 아니요
내 안에 그 무엇이 춤이랴

있지만 없는 것을
보이지 않지만
보이는 것을

너와 나
이 우주와
사유하고자

마음을 다해
손과 발로 드리는
이 육신의 기도를

걷다가

추다가
지치련만

나는
오늘도
그 길을 걷고 있다.

어떤 길

태고적
탄생이여!

그 삶을 암시한다.

어떤 길을 걸어가는지
어떤 일을 해내는지

태고에
신비로움으로

그리고
고통과 두려움으로

그
영혼의 끝에

기쁨으로
서리라.

프로필

- 성균관대학교 졸업 및 동대학원 석사졸업
- 후아트 煦 컴퍼니 예술감독 및 안무자
- 현)경성대학교 산학혁신융합대학 겸임교수
- 대한민국 국회 교육위원회 한국전통문화콘텐츠대상 수상
- 고려대학교 전문가 초청 특강(문화콘텐츠와 인문학적 상상력)

홈커밍 데이, 사제간의 만남

김 홍 필

애초에 나는 목회자가 되려고 마음먹었었다. 하지만 대학 졸업 즈음에 음악 교과목을 통한'음악 예술 · 인성'교육과 함께 제자들의 영혼 구원의 시급함을 느끼게 되었다. 그뒤 약 27년의 일반교사 시절을 통해 수 만 명의 제자들에게 수업 내용 중 성경과 관련이 있을 때 인생에서 가장 중요한 하나님과의 만남에 대해 법에 저촉되지 않는 범위에서 소개하려 애썼다. 특히 마지막 수업 시간에는 예수님을 만나게 해주었다.

[하나님이 세상(인간)을 이처럼 사랑하사 독생자(예수)를 주셨으니 이는 저를 믿는 자마다 멸망(죽음 후에 영원한 지옥에 처함)치 않고 영생(죽음 후에 영원한 천국에 감)을 얻게 하려 하심이니라(요한복음3:16)]

1986년 30세에 완도 섬 노화중학교에 부임하게 되었다. 완도 남쪽 섬에 있는 노화중학교 졸업생들은 매년 순연하여 '홈커밍데이' 행사를 개최한다. 모교에 모여 동창생들과 은사님들을 만나 재회의 기쁨과 정을 나누는 행사를 해왔는데 2023년 11월 25일 21회

노화중 홈커밍데이에 참석해 달라는 요청이 왔다. 3학년 5명의 담임을 위주로 초청하는데 담임도 아닌 나를 꼭 초대하고 싶다는 의견이 많았다니 고마웠다. 총무 문형숙과의 문자 대화 내용이다.

• 선생님~홈커밍데이 행사 때 추진위원들의 뜻이니 애국가와 교가 제창 시 지휘를 부탁드립니다.

• 옛날 그 시절 음악 선생님이 약 33년 만에 뜻깊은 식장에서 제자들을 만나 지휘하며 함께 제창한다면 세상에서 드문 일일 뿐만 아니라, 약 33년 전 그 시절을 생생히 추억하는 귀한 일이 될걸세.

• 정도 많고 사랑이 가득했던 선생님을 저희 행사에 모실 수 있어서 너무 행복하고 마음도 든든합니다. 평생 잊지 못할 좋은 추억이 될 것입니다.

교장으로 은퇴한 나덕수 선생과 우리 부부 여종현 교감선생님 부부, 이렇게 5명이 승용차와 배를 이용하여 홈커밍데이 행사에 참석키로 했다. 학교에서 아주 오랜만에 제자들을 만나니 매우 큰 감동과 기쁨이 다가왔다. 나도 모르게 시도 아니고 노래도 아닌 감흥이 떠올랐다.

떠나온 노화도야 보고 싶은 제자들아
그리움 쌓여 생긴 눈물 웅덩이 건너서
삼십 년 기나긴 세월 만에 마침내 상봉하네

이런 행사는 4년 전에도 있었다. '19회 홈커밍데이' 행사 땐 100명이 넘게 모였다. 그때 많은 제자들을 만날 수 있도록 견인차 역할을 했던 제자들이 떠오른다. 김영휘, 리더쉽이 뛰어나고 신앙심이 깊은 안성훈 회장, 사회자였던 임태수, 개나리같이 따뜻함이 있는 정세라, 정이 많은 김신, 강연희, 김경필(박선정), 김양희, 김진평, 김철식, 문종수, 박명희, 박호진, 백순길, 이봉석, 이현욱, 조수남, 최미성, 최민수, 최신곤, 황희숙 등의 제자들이 중심되어 날 초대했었다. 그러나 꼭 만나고 싶었던 우리 반 실장 김유성과 부실장 김호 · 최연희가 불참해 아쉬웠다.

이번 '21회 홈커밍데이 행사' 때도 그때 못지 않은 열정적인 제자들이 기억난다. 읍 어촌계장을 맡고 있고 믿음직스런 전운서 회장, 행사 사회자이며 큰 꿈을 꾸는 조경근, 듬직한 김금동, 신뢰감과 따사함을 주는 해바라기 같은 문형숙, 늘 교회 높은 언덕을 오르락내리락하며 재잘거리던 다알리아 꽃처럼 맑고 예쁜 이시내, 공부를 잘했고 수선화 같이 청초한 이하나 등이 주축이 되어 나를 초대했다. 과거와는 다르게 좀 작은 규모인 50~60명의 제자들이 모였으나 정성이 가득하였다. 19회보다 소박한 규모였지만 더 큰 감동이 밀려왔다.

"선생님 노래를 청해 듣겠습니다. 모두 힘찬 박수 부탁합니다."

2부 행사 때 사회자의 부탁으로 내가 노래를 부르게 되었다. 고향 바닷가에서 사는 제자들의 정서에 알맞고 스승을 상징하는 '등대지기'를 불렀다. 이 노래는 내 정년퇴임식 마지막 순서에 나의 피아노 반주로 전 교직원과 전교생이 제창한 노래이기도 하다.

얼어붙은 달그림자 물결 위에 차고
한겨울의 거센 파도 모으는 작은 섬
생각하라 저 등대를 지키는 사람의
거룩하고 아름다운 사랑의 마음을

그런데 노래 중간에 감정이 북받쳤다. 눈망울에 이슬이 맺혀 소리 내어 노래를 부를 수 없어 입술만 움직였다. 최근 수년간 코로나를 경험하며 대부분 경제적으로 어려움이 있었다. 그럼에도 많은 경비를 모아 행사를 준비하며 음식도 손수 만든 제자들의 정성을 생각하니 마음이 찡해왔다. 그러면서도 고운 목소리로 군 독창 대회에 가서 상위 입상했던 핸섬한 안성주가 못 와 아쉬웠다. 더불어 과거 가정 방문 때 자가용이 없어서 걸어서 먼 거리를 다니다 어둑해지자 부득이 가장 먼 마을의 제자 집은 방문을 하지 못한 기억이 났다. 그 후 가끔 그 일이 떠올라 마음 아팠다. 관리자가 된 뒤 교사들에게 한 집도 빼지 말고 가정 방문할 것을 주문하곤 했었다. 가정 방문으로 무리를 하여 다리를 다치자 후덕한 나덕수 후배 교사가 오토바이로 바람고개를 오르내리며 출퇴근시켜 주었던 추억도 떠올랐다.

행사 후 우리 일행은 보길도를 즐겁게 여행하였다. 보길도는 마음을 정화시켜 주었다. 자연 경치와 윤선도 귀양살이 고적지, 수천 년을 거쳐 파도에 부딪혀 만들어진 공룡알처럼 큰 돌들이 길게 펼쳐진 해변과 작은 깻돌 해변과 모래 해변을 걸었다. 아내가 여러 날 머물고 싶다고 할 정도로 상쾌함과 신비함이 컸다.

그날 밤 숙소에 머무는데 누군가 나를 찾아왔다. 그는 바로 19회 졸업생 상호였다. 노화중학교에 부임 첫해에 상호의 담임을 맡았다. 그는 내성적이며 매우 조용하고 바른 성품을 가진 아이였다. 강아지처럼 맑은 눈망울로 늘 날 말똥말똥 바라보곤 했었다. 성품을 씩씩하게 변화시키려고 큰 체구가 아닌데도 해병대에 자원입대 했었다. 그러나 부친을 비교적 일찍 여읜 탓인지 늘 힘이 좀 없어 보였다.

"노화도와 소안도 사이의 새로 놓은 다리 구경하러 가시죠."

늦가을 밤의 새 다리 위의 날씨는 추웠으나 달빛 아래의 스승과 제자의 정은 무척 따뜻했고 야경은 은은하고 아름다웠다. 상호는 요즘 매우 많은 사람들이 귀향하여 전복양식업을 하고 있어 수입이 많이 줄고 많은 대출금과 일본의 원전방사능오염수(처리수) 방류 때문에 앞이 막막하다고 했다. 50세가 넘은 그는 뭔가 나로부터 위로를 받고 싶고 힘을 얻고 싶었던 모양이다.

"선생님 저 좀 안아 주세요."

난 그런 상호를 힘껏 오랫동안 안아줬다. 상호도 정이 그리웠던지 날 매우 힘껏 한참 동안을 안았다.

"상호야! 내리막길이 있으면 다시 오르막길이 있듯이 인생도 마찬가지니 비록 때로 크게 힘들더라도 좌절하지 말고, 늘 주님을 전폭적으로 의지하며 힘차게 살아라. 그리고 우리 서로 건강해야 오래도록 만날 수 있으니 건강을 위해 담배를 끊으렴."

아무도 없는 한밤중 쌀쌀한 늦가을 밤, 섬과 섬 사이의 새로 놓아진 다리 위의 스승과 제자의 아름다운 모습은 환한 달빛과 잘 어우러진 한 폭의 그림과도 같았으리라.

노화도 달빛은 여전히 맑고 환한데
무슨 사연 깊길래 저리 힘껏 껴안는가
한없이 마주보는 눈빛
스승과 제자 달처럼 웃네

행사 뒷날 아침에 수도권 지역의 제자들이 떠나려고 버스에 오르려 할 때 모두에게 일일이 악수를 했다. 그들의 무거운 어깨를 두드려 주면서 순천에 놀러 오라고 당부했다. 그들을 떠나보낸 후 이번 행사에 불참한 제자들이 이 어려운 시대에 잘살고 있을까 염려가 되어 마음이 무거웠다. 모두 다시 만나길 기약하며 헤어졌으나 세상을 떠날 때까지 다시 만날 제자들이 얼마나 될까? 그래서 대다수 이 세상에서 다시 못 만날지라도 예수 그리스도를 나의 구세주 · 하나님으로 모두 영접하고 천국에서라도 꼭 다시 만나길 간절히 소망한다.

[주 예수를 믿으라 그리하면 너와 네 집(가족)이 구원을 얻으리라(사도행전 16:31)]

난 지금도 매일 사랑하는 모든 제자들의 영혼과 육신의 건강을 위해, 그리고 이 세파를 오뚜기처럼 잘 이기고 행복하게 잘 살기를 기도하고 있다. 내가 사는 전남 남해안의 순천시는 물 공기 산이 좋고, 유명 관광 명소인 '세계 5대 습지 순천만'과 '순천만국가정원' 등이 있다. 살기 좋아 출산율도 높은 순천에 제자들이 놀러 오면 우리 부부는 집에서 숙식을 제공하며 가족처럼 정답게 지내며 구경시켜주려 한다.

다음 날 30여 년 전에 5년간 섬겼던 노화읍교회에서 주일 예배를 드렸다. 꽤 오랜 시간 교회 출석을 쉬었던 나덕수 교장선생님도 함께 예배를 드려 기뻤다. 난 그분의 영혼이 다시 주님께 돌아오도록 기도했고 지금도 매일 기도하고 있다.

최근에 상호에게서 연락이 왔다.
• 새해 들어 금연을 하고 있으니 선생님 기도해주세요'
나는 격려의 문자를 보냈다.
• 네 힘으로만 잘 안 되니 주님께 기도하렴. 나도 기도하겠으니 지인들에게도 기도를 부탁하여 꼭 성공하기 바란다.'
이 글을 쓰는 오늘이 상호의 금연 80일째다. 나는 제자의 금연 성공을 위해 지금도 매일 세 번씩 기도하고 있다.

프로필

- 전남중등음악과 1급정교사 자격연수 강사(합창지도법)
- 노화중, 순천연향중, 목포(여)고, 한국바둑고(교감), 광양다압중(교장) 등 근무,
- 창작찬송가: '예수님 교회 머리시라' (임철진 작사), '하나님 형상 예수님' (임철진 작사)
- 수상: 녹조근정훈장 • 유튜브: 선생 김홍필
- 광주 광동(현, 신원교회) · 순천 강남중앙교회 지휘자 역임.
- 전남 및 전국 학생음악경연대회(합창) 학생지도. 연 25년(24년 상위) 입상

진로를 진로 삼아

나 영 원

"야이, xxx야!"

조용한 교실에서 난데없이 커다랗게 울리는 욕 한마디! 스물 네 살의 어린 학원강사는 너무나도 놀라 순간 할 말을 잃었지만 이내 정신을 차리고 교실안의 상황을 알아본다. 그 목소리의 주인공은 5학년 여자아이. 그 장면이 아직도 기억에 남아있는 것을 보면 많이 놀랐던 것 같다. 함께 문제를 풀던 남자아이가 장난을 걸어오니 여자아이가 여러 번 하지 말라고 하다가 화가 많이 난 것이었다. 중학생들의 수학을 담당하는 강사였지만 초등 고학년의 수학도 함께 담당하게 되어 수업을 진행하는 중에 처음 들어보는 초등 여학생의 욕 한마디는 나의 강사생활 30년 중에 강하게 남아 있는 사건이다.

딱히 이 날 무언가를 결심했다기 보다는 내 교실에서는 나름 반듯하고 행복한 교실이 되었으면 하는, 영화나 드라마에서 나오는 이상적인 교실을 만들고 싶은 생각이 간절했으리라 생각된다. 그 여학생은 지금 40대일 거다. 당시 수학 쌤에게 본인이 강하게 임팩트를 날린 장본인이라는 것을 본인은 모르겠지?

어렸을 때 흔하지 않았던 성을 가진 나는 늘 초등학교 친구들에게 관심의 대상이었다. 특히 더욱 관심의 대상이 된 이유 중의 하나는 아버지께서 우리학교 선생님이셨기 때문이다. 점심시간에 보온통의 밥이 압력 차이로 열리지 않으면 그것을 들고 아버지 교실로 찾아갔다. 수줍어서 차마 문을 열고 들어가지 못하고 끙끙대기 일쑤인 나였다. 큰소리는커녕 선생님께서 부드러운 목소리로 무언가를 물어보셔도 울먹이고, 발표도 못했던 키작은 아이. 공부는 그럭저럭. 뛰어다니는 운동을 좋아했지만 여전히 수줍어서 앞에 나서지는 못하는 아이였지만 아버지의 모습은 멋있었다. 전교생이 운동장에서 체조를 하는 시간이면 어김없이 단상에서 멋진 체육복 한 벌을 입고 함께 체조를 하며 지도하시던 아버지. 과학주임으로 새탐사도 학생들과 함께 다니면서 학생들과 함께 출품한 과학 작품이 명륜동 과학관에 전시되고 상도 받았던 아버지께서 5학년때 갑자기 돌아가셨다.

어린 마음에 사람들의 동정어린 시선이 싫었던 것 같다. 밝은 모습을 보여주려 중학생 때부터는 조금씩 명랑소녀(친구들 사이에서만)가 되어갔고, 뭐가 되고 싶은 것 특별히 없었지만 막연히 교대를 가고 싶었던 것 같다.

교회에 열심히 다니면서 중학교 때부터 피아노를 반주하는 반주자 선생님으로 불리고, 교회학교 교사로, 열심히 고등학생시절을 보냈다. 아마도 아버지의 모습과 교회에서의 모습들 속에서 막연히 선생님이 되고 싶은 생각이 마음속에 자리를 굳혔던 것 같다. 자연스럽게~

서울교대의 높은 벽을 뚫지 못했던 나는 두 번째 선택으로 학과를 선택했던 것이 응용통계학과였다. 뭔지도 모르고 학과이름이 멋있어서 선택한 과가 하필이면 거의 수학과였던 것이다. 졸업 전에 학습지회사에서 모셔간다고 했는데 마다하고 1년 정도 회사생활을 하다가 잠시 쉬는 중에 고민을 했다. 집안 형편이 좋지 않아서 오래 쉴 수는 없었고, 빨리 일을 시작해야만 했다.

'내가 하고 싶은 것이 뭐지? 내가 잘 할 수 있는 것은 뭘까?'

어렸을 때부터 동생들에게 재미있는 이야기를 만들어서 잘 해 주었던 것이 기억났다. 그리고 교회학교 교사도 오래 했으며 대학 4학년 때 친척언니가 운영하는 학원에서 수학선생 아르바이트를 한 경험도 생각났다. 무엇보다 교사였던 아버지의 영향은 많이 컸을 것이라고 지금도 생각하고 있다.

그렇게 학원 강사생활이 시작되었다. 수학을 좋아하지는 않았지만 싫어하지도 않았기에 고등학교 3년 내내 해법수학을 끼고 다녔고 나름 대학생활을 수학 방면에서 했기 때문에 큰 자신은 없었지만 해 볼 수 있다고 생각하고 뛰어들었다. 작은 학원에서 성의껏 정성껏 수업을 하기 시작했고, 친척언니가 운영하는 학원에서 나름의 스카웃 제의를 받아 조금 더 큰 학원의 강사가 되어갔다.

"수학쌤, 조금 전에 소리 지르셨죠? 1층부터 선생님의 목소리가 다 들려요."

학생들이 이렇게 이야기를 하며 4층 학원 문을 열고 들어온다.

"오, 그래! 너 오늘 잘 걸렸다. 삼각형의 합동조건 3가지 실시!"

"아, 잘못했어요. 내일 외워 올게요."

"뭘 내일 외워, 지금 해, 지금 하는 게 최고야. 자, 스스스(SSS), 싸스(SAS), 그리고 아싸(ASA)."

지금은 흔하게 쓰는 외우는 방법이지만 30여 년 전 쯤엔 재미있는 방법 중 하나였다.

수업은 재미있어야 한다. 이것이 나의 수업 철학이다. 학생들이 어려워하는 수학에 딱딱한 강의형식이라면 정말 재미없다. 함수를 왜 배워야 하는지, 이차방정식이 어디에 어떻게 쓰이는지 등등 수학을 조금 더 이해시키고 접근 방식을 조금 더 다르게 하면 훨씬 학생들이 어렵지 않고 수포자가 많이 늘어나지 않을 것 같다는 생각이 많았다.

그러나, 내가 있는 곳은 학원, 학생들의 성적을 책임지고 있기에 마냥 아이들이 즐겁고 재미있는 수업을 할 수만은 없었다. 정말 싫었던 것 중의 하나가 아침부터 오후까지 학교에 있다가 쉼도 없이 아이들이 학원으로 직행하는 거다. 학원에서는 아까도 언급했듯이 성적을 책임지고 있기에 조금의 여유도 없이 수업 수업 수업이 이어진다. 그리고, 숙제를 못해온 아이들은 나머지 공부. 시험 기간엔 주말 없이 강행군... 이런 아이들에게 꿈을 꾸게 한다는 것이 가능할까? 하고 싶은 것을 생각 해 보라고, 경험 해 보라고 하는 것이 가능할까? 긴 시간이 지난 지금도 학원의 현실은 크게 달라지지 않았기에 여전히 마음이 아프다.

나는 결국 학원을 그만 두었다. 하지만 가르침의 매력을 벗어날 수는 없어 문화센터에서 셀애니메이션 채색일을 배워서 같은 문화센터 강사로 일을 하게 되었다., 일은 재미있었고, 당시 중학교

CA시간에 강사로 나가기 시작했다.

학생들이 좋아하는 애니메이션을 보여주고(당시에는 일본애니메이션을 구하기 많이 어려웠다) 투명셀에 선을 그어 애니메이션용 물감으로 채색을 하고, 펜으로 그리는 만화(이 영역은 잘 못하는 부분이라 간단히 진행)와 다양한 재료들로 시간들을 채워 나갔다. 당시 애니메이션 역사를 설명하면서(PPT도 없는 시절) 담당선생님도 너무 재미있었다며 칭찬을 해 주시는데 신이 났다. 나도 강사인데 말이다.

역시 칭찬은 사람을 춤추게 한다.

수업 중 애니메이션 고등학교에 간절히 진학을 하고 싶은 학생들이 많다는 것을 알게 되었다. 아이들이 와서 푸념하듯 이야기 한다.

"선생님, 만화를 그리고 싶어서 만화고등학교에 가겠다는데 왜 성적이 좋아야 하죠? 공부를 잘 해야만 만화를 잘 그릴 수 있나요?"

나 역시 동감하는 부분이다. 당시 애니메이션고등학교의 문은 턱없이 높았고, 내가 봐도 너무 그림을 잘 그리고 재능 있는 아이들이 많았는데 결국은 성적의 높은 벽에 가로막혀 잘 할 수 있는 이 일에 도전을 해 보지도 못하고 좌절의 쓴맛을 경험 할 수밖에 없는 현실이 안타까웠다.

모두 그런 것은 아니겠지만, 고등학교 국어, 수학 등의 교과서 한 귀퉁이에 졸라맨 같은 움직이는 그림 등을 그려놓은 친구들의 일부분 중에는 그림의 열망이 존재하고 있는 친구들의 흔적이지 않을까?

"언니, 언니가 수업하시면서 ○○이에게 이런 저런 이야기 해 주시는 것이 많이 도움이 되는 것 같아요. 제가 해 줄 수 없는 이야기들을 해 주셔서 너무 감사해요. 저는 수학성적도 중요하지만 그런 이야기들을 해 주시는 것이 더 좋아요."

언니라 함은 조금 늦은 결혼으로 학부모가 되니 친한 엄마들 사이에서는 큰언니가 되어 있었다. 당시 나는 아들의 학년에 맞추어 수학과외를 하게 되었다. 성격상 꼼꼼하게 아이들을 가르치고 싶고, 집에서 할 수 있는 일을 해야 했기에 내가 잘하는 일을 선택하게 되었다.

그러나 가르치는 아이들의 이야기를 들으면서 조금씩 고민이 되기 시작했다. 수학을 잘 하는 것만이 이 아이들의 진로에 도움이 되는 걸까? 물론 좋은 대학을 가기 위해서 수학을 잘하는 것이 많은 도움이 될 수는 있지만 좋은 선택이라고 할 수 있는 것일까?

어느 순간 아이들과 긴긴 상담을 하고 있었다. 분명 오지랖이 넓은 행위이다. 하지만 문득 깨달았다.

이 아이들은 대화를 하고 싶은 거였다. 이런 이야기를 들어주는 어른이 필요하구나. 모든 아이들이 그런 것이 아니지만 진심어린 충고와 격려를 해 주는 사람이 목마르구나.

부족하지만 수학 샘인 나는 그걸 조금은 해 주고 있었던 거다. 거기에 나는 역사 공부도 재미있게 해주었다. 역사보드게임도 이용했다. 뒤돌아보면 재미있고 보람된 일들도 많았다. 학생들에게 쉽게 가르치는 것이 나의 장점이었고 잘하는 일이었다.

그런데 시간이 지나가면서 이제는 그 동안의 많은 경험을 통해 학생들에게 전달 할 수 있는 포괄적인 일을 찾다보니 그것이 나에게는 '진로'였다. 개인 수학과외를 하면서 학생들과 이야기 했던 많은 이야기, 그 상담들.. 그것을 새로운 과목으로 '진로'라는 이름으로 다시 시작하게 되었다. 나 역시 내 나이에서 새로운 진로를 찾은 것이다.

나는 문과생으로 50여년을 살아왔다. 그런데 이과생의 영역인 수학을 공부하며 그 과목으로 25년을 넘게 수학강사로 일해 왔다. 그런데 이런 갭이 해소되었다. 컬러를 공부하면서 의문이 조금씩 풀렸다. 내겐 이과계열의 성향이 많이 있었던 것이다.

중고등학교 때 이런 부분을 조금이라고 알았더라면 내 진로는 조금은 변했을 것이다. 그렇게 힘들어하지도 않았을 것이다. 아직도 내 안에 남아있는 아쉬운 부분을 조금은 덜어낼 수 있었을 것이다.

"선생님, 저희 교회 중고등부 수련회 컬러강의 가능할까요?

한 단체에서 주어진 2시간정도의 강의시간에 진행했던 컬러아이스브레이킹에 참여하신 한 원장님께서 부탁해 오셨다. 떨리는 마음으로 감사히 강의를 잘 마쳤다.

"다음에도 부탁드립니다~"

원장님의 말을 들었을 때 많이 감사했다.

어떤 강의, 수업에서 단 1명이라도 자신의 성향과 맞는 일을 찾는 사람들이 있기를 진심으로 간절히 바란다. 아니 없더라도 어떤 진심이든지 통하지 않을까? 진심으로 마음을 다하여 강의를 하는 것이 나의 목표이다. 그리고 내가 가장 잘 하는 일이다.

나는 꿈이 없는 키 작은 소심한 아이였다. 지금은 마이크도 없이 웬만한 수업을 당당히 진행하는 강사이다. 그림책은 어린이만 읽는 것이 아니라 어른도 읽을 수 있어서 언젠가 책꽂이에 있으면 나에게 꽃이 될 수 있는 책은 반드시 있다고 믿고 있는 강사이다. 여러 과목을 가르치지만 그것이 결국은 하나의 단어로 표현 할 수 있는 것을 오랜 고민 끝에 찾았다. 그것이 바로 '진로강사'

나는 지금도 욕설이 없는 교실, 학생들이 스스로 부족한 수학을 보충하러 공부하러 오는 학원, 재능이 있는데 성적 때문에 가고 싶은 학교를 못가는 일이 없는. 아이들과 대화 하는 교실 저학년부터 천천히 역사를 재미있게 노래로 보드게임으로 가르치는 교실 자신의 길을 잘 찾아서 발견하고 발전시켜주는 교실 그리고, 무엇보다 재미있는 수업이 있는 이런 교실을 꿈꾼다.

프로필

- 경기대 응용통계학과 졸업
- 컬러상담 전문가
- 기후환경에너지 전문강사
- 진로독서지도사

2부

남호정
박은주
박철희
윤정희
윤지원
윤태황
이향진
전선화
전세원
정세민
황연희

스마트폰은 나의 힘

안녕하세요? 스마트폰 강사 남호정입니다. 저는 현재 SNS소통연구소 경북지부장을 맡아 경북 전역에 스마트폰 활용(보이스피싱과 키오스크)강의와 SNS마케팅 강의와, 유튜브 제작, 챗 –GPT 강의를 하고 있습니다. 현재는 "스마트폰활용지도사" 자격증 과정을 통해서 강사 양성도 해오고 있습니다.

우리 일상에 없어서는 안 되는 스마트폰 활용 강의와 그에 따른 보이스피싱 관련 범죄 예방교육 등을 하고 있습니다. 2011년도부터 IOT(사물인터넷)과 빅데이터에 관심이 많아 독학으로 공부하며 스마트폰 관련 교육 정보를 알게 되어서, 2014 스마트폰활용지도사 자격증을 취득하게 되었고 그때부터 재능기부를 하며 많은 것을 깨닫게 되었고, 지금의 저의 경력이 되어 큰

도움이 되고 있습니다.

"인생이 풍요로워지는 스마트폰 활용법" 이란 해시테그(#)를 꾸준히 쓰며 SNS에서 활동을 이어 가다보니, 일반인대상 스마트폰 활용강의 뿐만 아니라, 농업기술센터와 대학교 평생교육원과 지역 평생교육원 등에서 강의도 하게 되었습니다. 최대 200명 단체

모임 특강도 하게 되었고, 150명의 문화해설사 대상으로도 강의를 하기도 하였습니다. 60명의 생활지원사 선생님들 대상으로 특강까지하며 다양한 대상을 상대로 교육을 하고 있습니다.

스마트폰은 이제 손에 들고 다니는 개인PC를 넘어 다양한 분야에서 앱(Application, APP)을 활용한 편리성과 신속성의 특징을 가지고 있습니다. 교통, 의류, 금융 등 각 분야에서 이제는 스마트폰의 활용이 없는 부분을 찾는 것이 더 빠를 정도로 우리의 삶 속 깊이 들어와 있다는 생각이 듭니다.

스마트폰활용을 잘 해서 사이버로 대학도 졸업도하고, 최근에는 하고 싶었던 학과를 드디어 졸업하게 됩니다. 어릴 적 열등감덩어리였던 제가 이제는 스마트폰 강의를 하며 느낀 점은 공부는 끝이 없다는 것입니다. 강의를 하면서, 열등감을 극복하게 되었습니다. 스마트폰을 배워서 생활에 활용하면서 저에게 힘이 생겼습니다. 앱을 활용하여 혼자 여행을 다니기도 하고, SNS활동으로 멘토선생님들도 만나게 되어 이글도 쓰게 되었습니다.

저는 2004년대부터 영업을 오래 하다가, 2011년도부터 스마트폰 개통을 하면서 제 인생에 위기가 왔습니다. 제가 워낙 기계치라 스마트폰관련 공부를 하게 되면서, 판매 1위 자리를 차지하게 되며 사내프로젝트에 지원하게 되었습니다. 그래서 사내강사권유를 받고 보니 사내강사지원을 하려고 보니 전문대졸이상 자격이었습니다.

2014년도에 대학을 입학하고 그때를 시점으로 공부를 하고, 스마트폰강의를 하고있는 지금도 공부를 하고 있습니다. 2011년도부터 스마트폰판매를 위해서 공부하기 시작했었는데 , 지역에 대학교 평생교육원에 SNS특강강의도 듣고, CS강사자격증 등을 공부를 하고 다녔습니다. 2011년도 SNS를 시작하게 된 저는 꾸준히 포스팅을 하며 영업에도 도움이 많이 되는 것을 실제 겪고 보니 더 열심히 하게 되었습니다.

2014년 스마트폰활용지도사 자격증을 취득 후, 재능기부를 했는데 처음에는 스마트폰판매를 위한 홍보차 하게 되었습니다. 그런데 하다 보니 스마트폰을 잘 활용하게 되어 활동하시는 어르신들을 보고나니 마음이 뿌듯하게 되었습니다. 저도 계속 공부를 하다보니, 현재는 스마트폰 강의를 하게 되었습니다. 강의를 하다보면 저에게 배우고 일상에서 잘 활용하고, 기뻐하시는 모습을 보면서 성취감이 커지고 있는 모습에 제 자신도 성취감이 커졌습니다.

어느 시골의 도서관에서 칠순이 넘으신 몸이 조금 불편하신 어르신이 계셨는데, 마지막 시간 강의소감에 대해서 이야기 하는 시간에 정말 놀랐습니다.

"저는 현재 알츠하이머 초기증상이라 손이 많이 떨립니다. 수업 들으러 나오기가 불편하기도 했었지만 사진 편집이 너무 재미있어 꾸준히 했습니다. 이게 그렇게 즐거울 수가 없습니다. 그래서 스마트폰 수업에 오는 날이 너무 행복합니다. 좋은 소식은 이번 서울 검진에서 몸이 많이 나아지고 있다고 하네요. 앞으로도 스마트폰

활용을 더 열심히 할 겁니다."

이 말을 들으니 가슴이 뭉클했습니다. 그 이후로 몸이 좀 불편하신 분들이 계시면 한 번 더 자세히 알려 드리고 있습니다.

최근에 소셜미디어 마케팅 강의를 한 적이 있는데 연령층이 30대에서 70대 중반까지 있었는데, 70대 되시는 어르신이 스마트폰의 글씨도 제일 크게 키워놓으셨는데 큰 돋보기를 가져와서 보시면서 하시는 모습을 보며 그분의 열정이 느껴져서 더 열심히 알려 드렸습니다.

70대 넘으신 다른 분은 수업시간마다 이런 말을 했습니다.

"내가 이 나이에 돼서 뭘하겠나?"
그런 분에게 나는 격려를 했습니다.
"지금도 안늦습니다. 하시면 됩니다."
그 말에 자극이 되셨는지 다음 시간부터 앞자리로 옮기셔서 제일 열심히 하시더니 이제는 SNS활용까지 잘 하고 계신 모습을 보면서 너무 흐뭇했습니다.

반면에 젊은층은 게임 쪽으로는 많이 알지만 그 외 활용을 잘 안하고 있어서 놀랐습니다.

올해는 챗-GPT 활용한 인공지능형과 관련한 심화학습을 통해 우리 생활에 유익한 정보를 제공하는 강의를 하는 것이 목표입니다. 70대를 넘겨도 생성형 AI를 활용한 영상제작도 할 수 있도록, 올해 계획을 세웠고, "스마트폰활용으로 여행 떠나기"란 주제로 강의를 할 예정입니다. 여행 시 필요한 앱을 공부한 후 실제 여행하며 앱을 활용하기를 실습해볼 예정입니다.

열등감 덩어리였던 제가 이제는 스마트폰활용으로 영업 1위도 하게 되고, 혼자 여행도 다녀오고 공부도 해왔던 것처럼 수강생분들께도 스마트폰활용을 잘 해서 즐거운 인생을 누리시도록 수업을 할 예정입니다. 보통 스마트폰의 기능을 10프로도 활용을 못하지만, 저는 앞으로 여러분께 100프로, 200프로 활용하도록 할 것입니다.

우리는 할 수 있습니다. 유튜브만 볼것이 아니라, 여러분도 앞으로 스마트폰의 모든 것을 활용해서 인생이 풍요로워지는 삶이 되었으면 합니다. 스마트폰 활용으로 삶이 더 즐겁게 살아갑시다.

프로필

- 2011~2017년 KTCS POST점 근무
- 2019년9월~현재 경상북도교육청 구미도립도서관
- 스마트폰활용강의 및 SNS완전정복하기
- 〈남호정과 함께하는 즐거운스마트폰교실〉외 다수의 저서
- 현재 SNS소통연구소 경북지부장
  디지털콘텐츠그룹 경북지부장

인생

살아간다는 건
외로움을 견디는 일
살아간다는 건
아픔을 견디는 일
참 고단하다.
엄청나게 크고 뾰족한 바위에
가슴을 찔리며
걸어가야 하는 길이기에

소주

아무도 나를 위로해주지 않을때
마음은 시리고, 횡해진다.
이런날엔 너에게 기댔지.
한 잔에 눈물을 삼키고
두 잔에 눈물을 멈춘다.

시간

비 맞은 꽃잎들은
물방울을 머금어도 이내 사라진다.
당연한 건 없기에
그 누구도 잡을 수 없다.
훌쩍, 속절없이 흘러간다.

이유

하늘빛은 푸르고
싱그러운 꽃이 피었다.
하지만
내 심장은 여전히 눈물을 삼킨다.
인생이 별거일까
힘들어도 살자
너의 삶을 나의 삶을
언제나 파란 하늘 여백을 보며 살자.
죽기엔 인생이 아깝기에

엄마 1

정

양

질

정: 정도의 길을 무던히도 걸어오시고
양: 양심껏 진실되게 살아오셨다.
질: 질긴 시련에도 꿋꿋이 모든걸
　　이루어 내신 분

미치도록 당신을 사랑합니다.
당신을 잊지 않겠습니다. 영원히

엄마 Ⅱ

머리카락에 새하얀 물감이 물들었다.
얼굴은 접어놓은 종이처럼 주름이 깊다.
탄력없은 눈빛은 슬픔을 머금고
희미해진 기억은 안개 같다.
보는게 너무 괴롭다.
가장 아름다운 그 시절로 되돌리고 싶다.
세월이 밉다.

대중 앞에 서는 설렘
- 나? 행복여행 중

박 철 희

2018년 7월 5일로 거슬러 올라가 본다. '가치 있는 세상을 만드는 스토리 파트너' #화제인 CEO 조미호 대표가 〈컨퍼런스 창 2018〉이라는 경영인사이트 모임 전 두번째 워밍업 토크쇼에 연사로 초대를 해주었다. 나 이외에 다른 연사들은 대기업 신용카드사 임원, 20년간 PD와 기자로 근무한 세계여행가였다.

"이런 멋진 분들과 함께 강연을 할 수 있을까? 무슨 이야기를 하지?"

다행히 2017년도 출간한 첫 번째 책 '리셋마이드림'에 실린 내용을 기반으로 행사 주최 측에서 나를 '마인드세터(Mindsetter)라 소개해 주었다. 이를 통해 나의 강연 PT를 만들기 시작했다. 강연 PT 내용 중 내가 토크쇼에서 대중에게 강조한 것은 강한 마인드를 갖는 방법이었다.

첫 번째, 행동을 강조했다. 여러 번 무엇인가를 해야겠다는 마음가짐을 갖더라도 그 시작을 하지 못하면 아무런 소용이 없다. 그래서 나는 그 시작의 출발을 바로 행동이라고 전달했다.

나의 경우 토목시공기술사라는 자격증을 준비할 때 행동의 중요성을 깨달았다. 기술사 시험은 기술적인 지식을 아무리 많이 알고 있다고 하더라도 정해진 시간 안에 서술하지 못하면 합격할 수 없는 시험이다. 그렇기 때문에 이론적 공부보다는 정해진 시간 내에 답안을 작성하는 모의시험을 많이 봐야만 한다. 나는 이를 통해서 1차 시험을 운이 좋게 두 번만에 합격했다.

두 번째, 빠른 의사결정을 강조했다. 인생 자체가 선택의 매 순간이라고 하지 않았는가!

아침에 일어나면 '화장실을 먼저 갈까? 물을 먼저 마실까? 아니면 좀 더 잘까?' 하는 등의 선택으로 하루가 시작된다. 그렇기 때문에 결정이 늦어지면 다음 단계로 진행하기 어려워진다. 직장에서도 마찬가지다. 상사에게 어떤 안건을 보고했다고 가정해 보자. 그런데 상사가 그 안건에 대하여 업무진행 방향이나 계획을 빠르게 결정하지 않으면 담당자는 다음 업무 단계를 진행할 수 없게 된다. 소위 '결정장애'라는 별명을 피하려면 빠른 의사결정능력을 갖추어야 한다.

세 번째, 상상력과 창의력을 강조했다. 일을 추진하다 보면 계획에 없던 변수들이 많이 생긴다. 이런 상황에 유연하게 대처하기 위해서는 평소에 여러 상황을 많이 상상해봐야 한다.

그리고 상상력이 풍부하면 그다음으로 창의력은 저절로 생기게 되어 있다. 특히 나와 같은 공무원은 법에 의하여 주어진 업무를 반복적으로 하는 경우가 많다. 그래서 상상을 하거나 창의적인 생각을 하는 경우가 무척이나 드물다. 하지만 반복적인 업무를 수행하면서도 일이 어떻게 마무리될지 상상을 해보면 좀 더 창의적인 처리 과정을 만들 수 있게 된다. 26살에 토목직 공무원으로 시작한 나는 건설현장 감독업무를 하며 일찍이 거만해졌다.

"소장님, 석축 이런식으로 쌓으시면 어떡합니까? 줄이 하나도 안 맞잖아요! 당장 허무세요."

28살에 나는 60대 현장소장을 어린애 야단치듯 나무라고 인격적으로 심기를 건드리기까지 했다. 공직생활을 일찍 시작한 나는 무척이나 거만한 사람이었다. 특히 토목직 공무원이었기에 건설회사에게는 항상 갑의 위치였다.

하지만 나는 설계도면 조차 볼 줄 몰랐다. 그런 수준의 신입 공무원인 내가 현장 확인을 위해 공사장에 나가면 현장소장에게 갑질을 했다. 마치 그것이 공무원의 특권인 것처럼 생각하고 행동했다. 이십대의 나는 이렇게 아주 건방진 사람이었다.

그러다 큰 시련의 아픔도 경험했다. 불법하도급 건설업체가 나를 고발하였다. 그로 인해 2번의 검찰조사를 받았다. 다행히 사건은 이상 없이 끝났다. 그런데 나에게 찾아 온건 우울증이었다. 우울증으로 대인기피증까지 찾아와 주말에도 밖으로 나가는 걸 거부했다.

'그냥 회사 그만둘까? 이 상태로 회사에 낙인찍혀 진급도 안 될 텐데!'

나는 밤새 잠이 오지 않았다. 그저 잡생각으로만 머릿속이 가득해졌다. 점점 나쁜 생각만 들었다. 이대로 계속 가다가는 큰 일이 날 것 같았다. 다시 마음을 잡고 37년 인생을 정리하기 시작했다. 그래서 나의 첫 번째 자기계발서 '리셋마이드림'이 태어났다.

그 후로 나는 거만함과 나태함을 없애기 위해 나만의 구호를 만들었다.

'세심하게 긴장해라. 교만해지면 흐트러진다.'

이 두 문장을 스탬프로 만들어 매일 아침 메모지에 찍고 수첩이나 책상 모서리에 붙이곤 했다. 독자들도 반드시 고치고 싶은 생활 습관이 있다면 본인만의 구호를 만들기 바란다.

나는 더 이상 불완전하고 이기적인 사람으로 살아가는 것을 멈추기로 했다. 앞으로 남은 인생을 어떻게 살아갈 것인지 곰곰이 생각했다. 작게나마 '홍천 어린이 인문학교' 프로그램부터 시작하기로 결정했다. 내가 어렸을 때 강원도 춘천시에 살았는데 어린이를 위한 프로그램을 체험하지 못했다. 그래서 내가 살고 있는 강원도 홍천에 인문학을 접할 기회가 적은 어린이 대상으로 인문학교를 시작하기로 결정했다. 번갯불에 콩 구워먹듯 일 년 치의 계획을 일사천리로 작성했다. 짧은 시간이었지만 인터넷에 검색하면 바로 나오는 강사섭외까지 마무리 했다. 생전 안면이 없던 강원래씨에게 첫 강사로 섭외하기까지 했다.

이렇게 된 것은 바로 내가 다시 꿈을 찾았기 때문이다. 사람이 살아가면서 꿈이 있는 삶과 없는 삶은 하늘과 땅 차이다. 거만하고 이기적이었던 나는 인문학교의 꿈을 찾아 나의 새로운 인생이 시작되었다. 이제는 시골어린이들에게 꿈을 만들어 주는 인문학교를 운영하는 '섬김이'로서 지역사회에 기여하는 비전을 가진 삶을 살아갈 것이다.

프로필

- 국토교통부 공무원
- 홍천어린이인문학교 대표
- 리셋마이드림 작가

마음챙김으로 마음이 단단해지길

아침 햇살이 마을을 비추는 순간, 돌봄센터는 생기발랄한 아침 소리로 가득 차 있다. 겨울옷을 입은 나무들은 부드러운 바람에 소리를 내고 우리는 아이들의 웃음소리와 함께 하루를 시작한다.

여자아이가 뛰어와 "오늘 날씨가 너무 좋아요?"라며 웃고 뒤따라오는 남자아이는 웃으며 "삐뚜뜨뚜~~~" 새소리를 낸다. 이 아침 공기는 아이들의 열정과 학업 에너지를 불러일으킨다. 아이들은 방학 기간 오전은 개인 각자의 한자, 한국사 문제, 수학 문제에 도전하고 있다. 이때 여자아이는 "나는 어른이 되면 하늘을 날아다니며 마음껏 놀고 싶어. 공부가 너무 하기 싫어. 교사는 "어른이 되어도 공부는 해야 해. 공부를 하면 더 멋진 일들을 할 수 있을 거야~". 여자아이는 고개를 흔들면서 "아 싫어 싫어!"

아침의 돌봄센터의 모습이다. 이곳은 초등학생들이 모여 놀고 배우며 함께 성장하는 특별한 공간이다.

이곳은 마을공동체와 지자체의 노력으로 만들어진 아이들의 아지트이며, 아이들은 이곳에서 다양한 활동과 놀이, 학습을 통해 경험을 쌓는다. 매일 새롭고 다채로운 놀이와 쉼이 자유롭게 공존하는 소통 공간이다. 센터에서 일상생활을 소개하고자 한다. 작은 도서관을 이용하여 책을 읽고 독후 활동을 하며, 미술 시간과 악기 교육을 통해 문화예술을 경험한다. 마을 축제에 초대도 되어 아동들이 연주 공연에 참여하기도 한다. 자연생태 수업을 통해 친환경과 지구 기후변화에 대한 이해를 돕는다. 아동들은 방학기간 중 가장 좋아하는 시간은 점심 후 자유시간이다. 음악과 댄스, 특히 K-POP 댄스는 최고의 시간이다. 자연스럽게 아이돌 댄스 동작이 나오고 잘 아는 댄스 동작이 나오면 친구들 앞에서 춤을 추고 웃으며 집단의 춤사위가 넘쳐나며 활기찬 시간을 보낸다. 마을 밖으로 나가서는 플로깅 활동으로 환경보호에 기여한다. 또한 자기 이해와 타인을 이해하고 감정을 조절하고 감정을 활용할 수 있도록 사회정서 교육프로그램으로 아동들의 심리 정서를 지원하고 있다.

아주 특별한 수업 활동을 소개하고자 한다. 이는 마음챙김이다. 감정의 알아차림을 할 수 있는 마음챙김 시간을 가져 보았다. 하얀 눈이 내리는 날, 센터 유리 창밖은 온통 하얀 세상이다. 하늘은 하얗게 피어난 구름을 품고 아파트 단지 위로 커다란 눈이 내린다 "가만히 있을 수 없어 얘들과 우리 밖으로 나가보자" 오늘 우리는 잠시 눈을 감고 하늘을 향해 바라보는 거야? 눈을 감고 말없이 조용히 하늘을 바라보는 거야! 아이들은 친구와 거리를 두고 눈을 맞는 기뻐하는 소리를 내며 눈을 감고 교사의 말소리에 귀 기울인다.

이제부터 우리의 몸이 어떻게 움직이는지, 온몸에 어떻게 느낌이 전달되는지 알아보는 시간을 가지려 합니다.

지금, 이 순간으로 우리의 마음을 가져오는 명상 집중합니다.

이제 깊은 호흡을 세 번 해보겠습니다.

숨이 들어올 때 배가 부풀어 오르고, 숨을 내쉴 때 배가 안으로 들어가는 것을 알아차리는 호흡을 세 번 반복합니다.

먼저 두 눈을 고정하고 시야가 바뀌는 걸 바라보면서 걷습니다.

다음으로 발바닥에만 주의를 기울여 다양한 감각을 알아차립니다.

이번에는 소리에 집중합니다.

내가 움직일 때 나 자신과 세상에서 나는 소리를 듣습니다.

다음으로 공기 중의 냄새와 맛에 초점을 맞춥니다.

이제 모든 것을 동시에 알아차립니다

새하얀 눈이 덮인 길을 걸어 봅니다

눈길을 걸으면서 깊은 발자국을 바닥에서 아름다운 꽃이 피어나 꽃길이 생겨난다고 생각해 보세요.

내 생각을 코끝에 집중하며 주의의 모든 감각을 모아봅니다.

두 팔을 벌려 봅니다. 손끝에 눈송이의 무게를 느끼고 감각에 집중합니다.

이제 천천히 걸으면서 걸음이 나의 감정이 어떻게 만들어지는지 인식합니다.

깊이 호흡합니다.

이제 발을 들을 때마다 숨을 들이쉬고, 바닥에 놓을 때마다 숨을 내쉽니다. 같은 방식으로 몇 분간 계속 걷습니다.

천천히 두 눈을 뜨세요.

아이들은 눈송이들이 부드럽게 얼굴에 닿을 때, 그 순간 아이들은 마치 푹신한 솜으로 감싸진 듯한 따뜻함이 경험하며, 눈이 내리는 소리와 함께 얼굴에 닿는 감촉은 마치 자연이 부드럽게 속삭이는 듯한 느낌이다. 눈송이의 차가움도 느끼며 현재의 특별한 순간을 온몸으로 행복해하는 모습이 전해졌다. 이어지는 활동으로 눈사람을 만들어보고 싶다는 아이들은 눈을 손에 쥐고 구슬 모양으로 만들며 서로에게 자랑스러운 웃음이 가득하다.

아이들은 고요함과 함께 온 마음으로 눈과의 대화를 가져본다. 아이들의 반짝이는 눈동자를 바라본 세상은 하얀 눈의 세상이다. 이 순간은 조용히 내리는 눈송이들은 가벼운 바람에 춤추듯 내렸기 때문에, 아이들은 손 등에 눈을 받아보며 마치 자신들이 하늘에서 내리는 눈의 주인공인 듯하였다. 눈은 부드럽게 손끝에서 녹아내리면서 촉촉한 느낌을 남겼고, 얼굴에 남겨진 작은 눈송이들은 마치 순수한 입맞춤처럼 따스한 기억을 남겼다. 지금 이곳에 마음을 집중하며 모든 감각을 통해 알아차림 하였다. 이처럼 아이들은 눈의 소리에 귀를 기울이며, 마음속에 특별한 추억을 담았다. 하얀 눈이 땅을 덮으면서 주변은 푸른 하늘과 하얀 눈으로 아름답게 물들었다. 아이들은 친구의 손을 잡고 서로 웃음을 보이며 이 특별한 경이로운 수업은 마무리하였다. 또 다른 활동으로 아이들의 창의성이 돋보이는 독서프로그램은 자기 생각이 고스란히 담겨있다. 순수한 자신의 이야기를 재미있게 표현한 몇 편을 소개한다.

주제: 가족

"가족은 나에게 하나밖에 없는 것, 그리고 나에게 좋은 것과 편안함을 안겨주는 것, 나는 나의 가족이 너무너무 좋아요."

주제: 탕후루

"바사사삭~ 바사사삭 유리 깨지는 소리 시원한 과즙까지 환상의 조합이다. 이~건 못 참지! 너무 맛있어 눈물이 난다.

어쩌면 탕후루는 나의 절친이다."

주제: 엄마의 잔소리

"학교 끝나고 학원 가는 길에 놀이터가 아이처럼 놀아 달라고 조른다. 어쩔 수 없어 같이 놀아준다. 와~~아~아~하면 시간 가는 줄 모르게 논다. 아 맞다. 학원 가야지 망했다. 엄마의 잔소리 당첨~."

센터 내에서는 평화와 분쟁이 존재한다. 초등학생 학령기 아동들은 돌봄센터에서 일상생활 중에 많은 이유로 인해 서로에게 서툰 감정을 표현하며 작은 말다툼을 하기도 한다. 아이들은 자기 생각과 느낌을 서투르게 표현하면서 친구를 이해하지 못하고 분쟁이 일어난다. 선생님은 갈등 상황을 중재하여 아이들은 서로를 더 존중하며 성숙한 모습을 보여준다. 아이들은 분쟁 속에서 타인을 이해하며 사과하는 과정에서 자신의 감정을 이해하고 타인에 대한 감정과 조절을 통해 서로 소통하며 한 걸음씩 배워간다.

학령기 아동 발달 시기는 사고의 논리도 구체적이고 타인에 대한 관점을 바탕으로 공감 능력 형성과 또래와 사회에 관한 관심이 시작되며 타인에 대해 인지를 하게 되면서 부모와의 영향을 벗어나 타인과의 동등한 관계에서 다양한 경험에 의한 사회정서 발달이 중요한 핵심 과제이다. 초등학교 생활은 아이들에게는 새로운 첫 시작의 사회생활이라 할 수 있다. 아동은 개인 발달 특성과 차이가 나타나며 긍정적인 발달과업을 이루지만 부적응적인 문제인 학교 부적응, 학업에 대한 부담감, 심리 정서적 측면 등 살펴볼 수 있다.

코로나19 이후 아동·청소년들은 우울, 불안, 사회적 고립감의 증가 및 주의력 저하 등으로 인해 학교 부적응을 경험하고 있다. 또한 아동·청소년들의 자살 및 자해, 학교 폭력의 증가로 인해 학교 현장에서 예방적 관점 및 임상에서의 그 효과가 검증된 전문적인 정서적 안정감과 사회성 향상을 위한 중재가 필요하다. 아이들이 주의력 문제와 불안 증상 및 행동 문제를 가진 아동들에게는 아동의 마음챙김 기반 인지적 치료 프로그램을 시행하기도 한다. 아동이 비판적인 주의를 통한 사회 정서적 역량을 강화하는 목표가 우선이다.

마음챙김(mindfulness)은 존 카바진(Kabat-Zinn,1994)에 의해 개념이 도입되어 있다. 이 순간은 순간의 생각과 감성, 감각에 집중하여 판단하는 과정을 멈추고 그 상태를 인정하고 수용하는 명상 기법으로 할 수 있다. 국내에서는 구글, 애플, 삼성, SK 등 많은 기업에서 인재들을 위해 실시되고 있는 사회정서교육 프로그램이며, 하버드, 카이스트 학생이 배우는 어려울 때 힘이 되는 삶의 기술로도 잘 알려져 있다. 특히 아동의 경우 회복탄력성, 주의집중력, 인지력, 창의력, 감성 조절 능력에서의 과학적 효과가 검증되어 코로나 이후 아동들의 사회정서 인성 능력의 함양을 위해 미국, 유럽의 공교육에서 실시 중이다. 이처럼 현재 아동의 "마음 건강 교육" 및 "학교 폭력 예방 교육", "인성교육"의 목적으로 마음챙김 기반 프로그램이 도입 중이며, 교육부는 모든 학생을 위한 마음 건강 지원강화를 통해 학생들이 감정, 충동 조절, 스트레스 관리 등을 위한 마음챙김 교육프로그램 개발(2024~)하여 2025년

시범운영을 발표하였다.

 현재 돌봄센터에서도 마음챙김 기반 프로그램은 우리 아이들이 밝고 건강한 마음을 유지 할 수 있는 역량을 강화하도록 지원하고 있다. 마음챙김 기반 사회정서 프로그램은 학생들이 삶에서 성공하기 위해 필수적인 주요 사회적 및 감정적 기술을 통해 실천하는 교육이다. 아동 청소년 마음챙김 기반 프로그램을 통해 자기 인식과 정서 조절, 사회적 연결감, 공감 능력을 기반으로 정서 사회적 적응 능력 향상을 지원한다.

 아동, 청소년 마음 챙김은 '자기자신과 친구 되기"이며 이는 친절과 행복이다. 아동은 편안한 자세로 몸과 마음이 쉴 수 있도록 한다. 친절한 순간을 떠올리고 그 순간에 잠시 머물러 본다. 친절을 생각하면 기분이 어떤 것 같은지 떠올려 본다. 이때 마음을 몸이 있는 이 공간으로 가져오기 위해, 호흡명상을 진행한다. 호흡명상은 간단하게 진행한다. 명상이라는 단어가 익숙하지 않아 호흡 놀이라는 용어를 사용한다. 아이들은 1분 호흡하는 동안 몸이 잠시도 가만히 있지 못하는 그야말로 호기심 많은 강아지와도 같다. 아이들에게 지속적인 마음챙김 기반의 사회정서 인성 역량 교육을 실행하고 있다. 교육의 효과성을 확인할 수 있는 것은 아이들의 변화된 모습이다. 아동들은 교육의 효과를 감정을 조절하고 심호흡하면서 감정을 조절하고 평온 상태를 유지하려는 자신들만의 자원을 활용하는 것이다. 저 또한 교사로서 아이들과 생활하면서 마음챙김을 실천하면서 비판적인 사고와 알아차림을 경험하는 성찰적인 존재의 삶을 이어가려 한다. 이를 더욱 실천하기 위해 센터장 본인은 아동, 청소년 마음챙김 전문가 과정을 이수하여 아동 ·

청소년을 위한 MSC-T(Mindful Self-Compassion for Teens), 에모리대학에서 만든 마음챙김 기반의 사회정서 인성 역량 강화를 위한 SEE Learning(Social, Emotional and Ethical Learning) 등을 기반으로 아동들의 특성을 고려하여 다양한 예술, 놀이 등의 체험적 활동으로 실천하고 있다. 이를 바탕으로 부모는 안정적인 양육의 돌봄 환경 제공은 아동, 부모, 돌봄센터의 열린 운영을 통해 아동과 가장 친밀한 관계를 유지하고 영향력을 미칠 수 있는 교사의 전문성이 강조되고 다양한 돌봄 역할이 요구되고 있다. 돌봄 교사의 현실은 돌봄노동의 정서를 간직하고 살아가는 환경에서 아동의 행복한 생활을 지원하기 위해서는 교사의 정서적인 근무환경을 관심 있게 지켜봐야 한다는 것이다. 돌봄 교사의 업무 중 아이와의 문제 상황 및 예기치 못한 상황들은 스트레스가 증가할 수밖에 없다. 교사의 긍정적인 감정 상태는 아이들에게 큰 영향을 미치는 중요한 원동력이다.

연구 결과에 의하면 아동 돌봄교육 분야에서 교사와 학생 모두의 감성을 인지하고 이해하는 것이 중요함을 강조하고 있다. 감성지능과 마음챙김이 돌봄 교사에게 긍정적인 영향을 미치는 것을 보여주고 있다.

아동과 교사, 학부모는 한 우산을 쓰고 서로 균형을 유지하고 나아가야 한다. 센터장은 아동의 전인적인 성장을 위해 오늘 하루도 아동의 한 뼘의 성장을 응원한다. 이상적인 돌봄센터는 따뜻한 미소와 안전한 환경이 조성된 공간에서, 아동들은 봄처럼 따뜻하고 푸른 마음을 갖는 웃음꽃을 피운다. 이 순간 아동의 마음이 바위처럼 단단해지기를 바라며, 건강한 삶의 질 향상을 경험한다.

마음챙김은 부모에게 양육의 안정감을 전달한다. 아동과 교사 모두에게 긍정적인 효과로 주의력 문제감소, 자살률감소, 주의력 향상, 현재의 주의 기울이기, 알아차림, 수용 및 보다 유연한 대처 방식이 증가하는 연구결과가 제시되고 있다. 현장에서 마음챙김을 실천하고 서로에게 전달하는 방법을 제시하며 늘 맑은 마음을 선사하려 한다.

프로필

- 숭실대학교 프로젝트 경영학 박사
- 서경대학교 경영학부 겸임교수
- 다함께돌봄센터 센터장
- 한국아동마음챙김 연구소 이사
- 마음챙김 코칭심리연구소장

나는 참 예뻐

윤 지 원

"너는 참 예뻐."

친구가 다가와 갑자기 불쑥 말해요.

"왜?"

"그냥 내 눈에는 네가 참 예뻐!"

쉬는 시간이 되어 그 친구와 함께 물고기를 보러 갔어요.

그 중 한 마리를 가리키며 물어요.

"이 물고기 보이지? 이 물고기는 널 닮았어, 참 예뻐."

그가 나와는 좀 다른 환경의 친구임을 한눈에 봐도 알 수 있었어요. 나는 시골의 본모습을 그대로 표현한 촌티 나는 소녀였고, 그 친구는 귀티가 흐르는 소위 있는 집 도련님이었죠. 자전거가 대세여서 학교에 자전거가 가득 쏟아져 들어올 때 그 아이는 자동차로 등교했어요.

하지만 그 아이는 그렇게 제게 예쁜 마음을 심어주고는 한 학년도 다 채우지 못하고 전학을 갔어요. 내 영혼의 친구가 사라져버린 느낌! 별과 같은 존재가 사라져버린 듯한 그때 그 슬픔은 오래도록 그 친구의 이미지와 함께 제 가슴속에 머물렀습니다. 힘들고 외로울 땐 자연스레 그 친구 얼굴을 떠올리며 위로를 받곤 했었죠. 오

래도록 함께 하지 못하고 떠나간 친구이지만 그 친구는 내게 자존감이라는 씨앗을 심어주었어요

"나는 예쁜 아이구나!"

그 아이가 나에게 준 건 사랑보다 더 크게 나를 지킬 수 있는 큰 마음의 힘을 주었어요. 살아가면서 위로가 필요할 때마다 '난 참 예뻐'를 생각했어요. 타인의 시선이 아닌 나의 시선으로 나를 가장 아름답게 바라볼 수 있을 때 우리는 어떤 시련 앞에서도 당당히 일어설 수 있어요.

꽃을 바라보고 아이들의 미소에 반응하고 바람을 느끼고 지금 이 순간 느낄 수 있는 것들을 깊은 호흡으로 빨아들여요. 사랑하는 사람에게 사랑을 속삭이고 설렘을 선물해주고 상대가 진실로 본래의 나일 수 있게 자신을 표현하도록 돕는 건 정말 멋진 일입니다. 이것이 우리가 사랑하는 이에게 해 줄 수 있는 가장 놀라운 능력이에요

건강한 자존감을 가진 이들이 사랑도 잘해요. 사랑할수록 더 겸손해지고 사랑할수록 더 강해져야 해요. 모든 사랑의 시작은 나를 사랑하는 거니까요.

꽃이 만개하여 자신만의 향기를 내뿜듯 나 자신도 정신적 성숙과 함께 지혜롭게 성장해 나가야 해요. 내가 스스로를 예쁘다고 애써 지칭하는 이유는 나를 사랑하기 때문입니다. 좌절하고 넘어지더라도 다시 마음을 곧추 세우고 일어나 걸을 수 있는 힘은 마음속의 나를 아끼는 내가 있기 때문이에요. 어느 정도의 나르시시즘은 누구에게나 있는 거니까요.

생각은 생각에 꼬리를 물고 따라옵니다. 좋은 생각은 좋은 현실

을 창조해내요. 굳이 예쁘다는 것만 아니어도 돼요. 노래를 잘하는 아이, 암기력이 좋은 아이, 발표력이 좋은 아이….

반면 수줍음 많은 아이, 부끄러움 많은 아이, 부유하지 못한 아이 또한 선생님과 친구들에게 어른들에게 칭찬받는 아이, 누군가에게는 예쁠 수 있는 아이가 될 수 있어요. 나는 완벽하지 않아도 내가 예쁘다는 걸 조금씩 더 알게 되었어요. 초등학생 시절 나만이 간직한 소중한 추억이에요.

아이들에겐 세상을 밝은 눈으로 바라보도록 돕는 주변의 도움이 필요해요.

할 수 있다는 자신감, 사랑스럽다는 존재감, 나 자신이어도 괜찮다는 안전감, 소속감.

사람은 사랑과 관심을 먹고 자라요. 칭찬과 함께 바른 교육이 필요해요. 이 사회가 밝고 아름답고 배려와 용서, 그리고 사랑이 가득하길 바란다면 한 아이를 바른 전인적 교육으로 성장을 도와야 해요. 공부만 잘하는 아이는 괴물이 되어버리기도 하죠. 내가 나를 예쁘다 말해주고 멋지다고 말해주세요

"너는 언제부터 예뻤니?"

"너는 언제부터 멋있었니?"

프로필

- 익산 원광보건대학
- 전 라이프생명 플래너
- 00치과 진료주임

브라보! 마흔!

윤 태 황

마흔은 끼인 세대다. 1~20대 시절의 체력도 없고 30대의 열정
도 없다. 5~60대의 풍족함이나 안락함도 없는 마흔은 앞뒤로 샌
드위치 신세다. 30대처럼 열정적으로 일을 하자니 체력이 달리고
5~60대처럼 편안하게 살자니 마련해 놓은 밑천이 없다. 돈은 많
이 버는 것 같은데 버는 대로 족족 나가니 밑 빠진 장독대 신세다.
마흔, 우리는 무엇을 했고 무엇을 해야 할까.

마흔. 20대 시절, 40대를 보면 아저씨였다. 그 아저씨가 나의
지금 모습이라고 생각하니 아찔하다. 과거 마흔이라고 하면 되게
많은 나이인 줄 알았다. 20대의 눈으로 마흔의 아저씨(?)를 볼 때
면 중년의 나이에 정신 연령은 다소 어리게 느껴질 때도 있었다.

'마흔인데 저렇게 생각하나?',

'마흔인데 저렇게 행동해?',

'마흔 정도 되었으면 이래야 하는 거 아니야?',

'마흔 정도 되었으면 이 정도 인내심은 있어야 하는 거 아닌가?',

'인품은? 절제력은? 배려는?'

여러 의문을 품었다.

그런데 막상 스스로 마흔이 되고 나니 지난날 그들의 행동이나

사고가 곧잘 이해된다. 그 상황이 되지 않고서는 세상을 정말이지 100% 이해하기는 어렵다. 20대 때 바라봤던 마흔에 대한 이미지, 마흔에 대한 생각은 40대가 되고 나니 다소 환상이 섞여 있다는 걸 알게 되었다.

마흔이라고 새삼스러울 게 없다. 20대의 체력도 갖고 싶고 30대의 열정도 갖고 싶은, 그냥 나이 든 '사람'일 뿐이다. 20~30대를 거치면서 알게 된 것은 세상이 참 만만치 않다는 거다. 세상일은 다 때가 있다. 일이 그렇게 느리게 흘러가는 것도 다 이유가 있다. 내가 없어도 세상과 회사는 잘만 굴러간다는 거다. 사람 사는 거 다 거기서 거기라는 거다.

마흔이 되어서 알게 된 것은 세상살이 노하우 몇 가지다. 그리고 내 몸이 서서히 늙어간다는 사실이다. 세상을 이제 겨우 깨우치는 중인데 몸은 예전처럼 움직여 주질 않는다. 마음은 마냥 2~30대인데 몸만은 삐거덕거린다. 멀리 보질 못하고 젊을 때는 그저 눈앞에 성공과 실패만 보며 달렸다. 몸은 생각하지 않고 오로지 결과만 쫓으며 30대를 살았더니 건강은 완전히 엉망이 되었다. 운동선수들이 왜 30대 중반이면 은퇴를 하는지 예전에 몰랐지만 마흔이 되니 알게 되는 것, 노화에 대한 인식이다.

육체는 늙어가지만 마음만은 그대로다. 20대처럼 옷을 입고 싶고 10대처럼 농담을 하고 싶다. 그런데 어쩌나. 40대 육체에 20대 옷을 입혀 놓으니 언밸런스도 이런 언밸런스가 없다. 마음은 20대이지만 뿜어져 나오는 40대 아재의 기운은 그들의 문화를 소화할 길이 없다. 고스란히 존재하는 세대 차이. 자연스럽게 받아들여야 할 세상의 이치다.

30대들이 일하는 것을 보면 무섭다. 에너지가 넘치고 열정이 넘친다. 곧 따라올 기세에 체념하기도 한다. 언젠가 치고 올라오면 자리를 물려줘야겠구나 생각을 하면서, 나는 또 그러면 어디로 가야 하냐는 생각에 걱정도 앞선다. 여유도 생기고 걱정도 생기는 정체감 상실의 시기. 마흔이라고 정의하고 싶다.

어릴 적 상을 타거나 성취를 하면 어른들께 자랑했다. 어른들은 잘했다고 머리를 쓰다듬어 주고 칭찬해 주었다. 더 잘하고 싶은 마음에 또 무언가를 도전하고 무언가를 해내면, 함께 웃어 주고 자랑스러워해 주었다.

나이가 들어감에 그럴 기회는 점점 줄어든다. 40대가 되니 뭔가 내세우기도 쑥스럽다. 어른이 되어서도 기쁘면 기쁘다고 말하고, 자랑스러우면 자랑스럽다 말하면 되지, 뭐가 그리 쑥스러우냐 물을 수도 있겠다. 어릴 때는 마냥 그게 자랑스러운 건 줄 알았는데, 실상 나이가 들어서 보니 그건 그리 자랑스러운 게 아니었다. 누구나 받을 수 있는, 우물 안 개구리만 모르는 그런 성취들이었다.

나이가 들어 세상 넓은 줄 알게 되니, 이내 무언가 성취를 해도, 그건 나뿐만 아니라 다른 사람도 다 성취할 수 있는 것임을 알게 되었다. 뭔가 어렵게 이루어도, 그건 누군가에게 하찮은, 손쉬운 거리임을 알게 되니, 속으로는 스스로 대견해하고 칭찬해 줄지언정, 대놓고 말하며 기뻐하기도 어렵게 되었다.

세상을 많이 알면 많이 알수록 좋다고 누가 그랬던가. 스스로 그랬었다. 세상은 많이 알수록 좋은 거 아닐까 싶어 열심히 세상을 바라보려 애를 썼다. 알고 보니 세상은 많이 안다고 좋은 게 아니었다. 많이 아는 것도 병이다. 병명도 점점 더 많이 알게 되니, 조금만 아파도 이 병 저 병을 몸에 다 가져다 붙인다. 정말 몹쓸 병이다.

마흔이 되어서 좋은 점도 있다. 세상을 깨달은 만큼 여유도 생겼다. 확실히 예전보다는 세상을 보는 눈이 커졌고 적당히 포기할 건 포기할 수 있게 되었고 내가 무엇을 잘할 수 있는지도 어렴풋이 알게 되었고 세상 모든 일에 관심을 가지지 않아도 된다는 사실도 알게 되었다. 어린 시절, 왜 그렇게 우리는 세상에 관심이 많았을까. 그 에너지를 다른 곳에 좀 써도 되었을 텐데 말이다.

60대가 되면 또 어떤 생각을 할까. 마흔의 답답한 마음을 해소할 길이 있을까 싶어 타임머신을 타고 미래로 가는 상상도 해 본다. 그리고 미래의 나에게 40대인 나에 대한 조언을 구해본다. 예순의 나는 방황하는 마흔에게 어떤 조언을 해줄까.

예순의 나는 마흔의 나에게 참 많은 이야기를 해준다. 그때는 삶을 제대로 살고 있는지 참 많은 고민을 했다고. 40년 넘게 살아온 날이 불현듯 아깝다는 생각도 들었다고. 내가 뭘 하고 살았을까 의문도 들었다고.

어떻게 사는 게 제대로 산 것일까. 시간을 낭비했다고 생각하니, 앞으로 남은 시간이라도 붙잡고 싶어진다. 그래서 자신을 더 괴롭힌다. 아등바등 하나라도 더 해내려고 그렇게나 자신을 괴롭히는 것 같다. 사업을 해도 1~2년 앞을 보지 못하고 그저 1~2달 앞만 보며 일희일비한다. 지금은 젊으니까 그래도 되는 나이라 생각하며. 40살이라는 것을 인정하기 싫었던 걸까. '내가 벌써 그렇게 나이 들어 버렸나?'

'젊다고 생각했던 나의 30대는 어디로 갔나?'

별별 생각이 다 든다. 막상 30대일 때는 아직 어리다는 생각에 시도하지 못했던 것들이, 막상 40대가 되니까 나이가 들어 보여서 또 못하게 되는, 이래도 못하고 저래도 못하는, 어리숙한 사람이 되어 있다. 이때 즈음 되면, 시도, 결심, 성공, 실패 같은 것은 나이와는 상관없다는 것을 깨달은 시기가 된다. 그런데 이미 늦었다. 30대 10년은 이미 훌쩍 지나가 버린 거다. 그러면서 후회만 하는 마흔이 된다.

예순의 나는 말한다. 마흔. 얼마나 좋은 나이냐고. 뭐든 결심하면 할 수 있는 나이라고. 사업이든 공부든 40살이면 한창나이고 젊은 나이라고. 마흔의 나는 40살이 늙어 보이고 힘들어만 보이는데, 예순의 나는 조언한다.

'40살부터가 인생의 시작이야!'

예순의 나이가 된다면, 40대 때 좀 더 진취적이고 젊은 생각으로, 뭐든 도전하고 실패하고 성공도 해 볼 걸 하는 생각이 들 것이다. 40대 그 시절 못한 것들이 60대의 나이로는 더 못하게 된다는 걸 깨닫게 될 거다. 하루라도 젊을 때 시도를 했었어야 한다고 말이다. 60대가 되면 정말 늦어진다. 혹시 모르겠다. 80살의 내가 60살의 나를 본다면, '60살 때 도전하지, 안 하고 뭐했냐.'고 타박할지도 모를 일이다.

마흔. 많다면 많고 적다면 적은 나이다. 인생을 어느 정도 경험했고 열심히 살아봤다고, 자신의 정체성도 형성되고, 사회생활도 어느 정도 겪어본 마흔. 그냥 나이 든 건 아닐 거다. 그럼, 40살부터는 뭐하고 살 것인가. 인생은 똑같다. 39살이든 40살이든, 달라진 게 뭐가 있을까.

몸은 나이 들어도 생각은 더 젊어질 수 있다. 마흔쯤 되었다면, 이제부터는 오히려 더 젊은 생각, 참신한 아이디어로 무장해 봤으면 한다. 그동안의 경험과 성숙해진 생각들을 통해 더 나은 판단을 할 수 있고 더 좋은 결과들을 만들어 낼 수 있는 나이가 40대다.

무엇을 하면서 살고 싶은가. 예순의 시각으로 마흔을 본다면, 마흔의 나이는 정말 파릇파릇하고 창창해 보인다. 그 젊은 시기, 아깝게 흘려보내지 말고, 뭐든 의미 있는 일을 하고 살아봤으면 한다. 마흔의 나이가 정말 부럽다.

마흔! 지나온 날보다 앞으로 지나게 될 날이 더 아름다울 것이다. 더 행복할 것이다. 지난날 후회스러운 일이 있거든, 앞으로는 그 후회를 만들지 않게, 더 완벽한 삶을 살아봤으면 한다. 그리고 60살이 되어 지난 20년을 돌아볼 때, 오늘의 조언이 밑거름 되어 즐거움, 행복, 아름다움만 가득하길 바란다. 그런 삶을 살 수 있을 것이다.

마흔의 나를 응원한다.

프로필

• 〈공부 사춘기〉, 〈잠들어 있는 공부 능력을 깨워라〉, 〈고3 수능 100점 올리기〉의 저자
• 에듀플렉스 교육개발연구소 연구위원
• 한국코치협회 평생회원

우리 가족은 35명이다

이 향 진

나는 어린 시절을 농촌에서 보냈다. 아침 해가 뜨기 전에 부모님은 논과 밭으로 나가고 우리 4남매는 새벽밥을 먹고 학교를 가야 했다. 십 리가 넘는 길을 그렇게 오가야 하는 즐겁고 고단한 삶이었다. 오가는 길에 만나는 모든 것들이 장난감이었고 친구였다. 계절에 따라 나무의 옷이 바뀌고, 꽃이 피고, 열매가 맺고, 비가 오고 눈이 오는 날이면 새로운 풍경이 펼쳐지는 근사한 풍경화처럼 기억에 남는 그런 곳이었다

담임 선생님이 묻는다.
"야~ 너 네 집은 가족이 35명 맞아?"
"네~ 맞는데요."
초등학교 때로 기억된다. 그때 당시는 초등학교가 아니라 정확히 말하면 국민학교 때였다. 담임 선생님의 부르심에 교무실을 갔고, 선생님은 우리 집 가족이 35명이 맞냐고 물으셨다. 나는 정확히 가족 수에 35명이라고 썼다.
예전에는 학년이 바뀌거나 하면 항상 써서 제출하는 학생 기초조사 같은 것이 있었다. 집에 TV가 있는지, 전축이 있는지, 라디

오가 있는지 등등 지금은 어이없는 질문이지만 어렵게 살던 시절이라 그런 것들도 중요한 사항이 사항인지 유·무를 체크해서 제출했었다.

아버지에게 물었다.

"아버지 우리 가족 수 6이라고 쓰면 되죠?"

"아니지, 우리 가족은 소, 돼지도 다 가족이니~ 한번 세어볼까?"

그렇게 해서 더하기에 더하기를 해서 우리 가족은 총 35명이 되었다.

아버지는 농담처럼 하셨을 거 같은데 찰떡같이 알아들은 나는 당당히 35명이라고 써서 제출했다.

그 시절 우리 집에는 가족 같은 동물들이 꽤 여럿 살고 있었다. 소, 돼지, 염소, 닭

그리고 유일하게 이름이 있는 백구(흰색 개). 그랬었다. 그 시기에 시골의 동물들은 다 어찌 되었건 소중한 구성원이었다.

지금의 반려견처럼 애틋한 가족이기도 하고, 대학 등록금 등 살림에 필요해서 키워 팔아서 경제적 지원을 위한 가족이기도 하였고, 때로는 가족들과 마을 사람들의 건강을 위한 식량으로 사용되는 그런 가족이었다. 간혹 애지중지하던 소나 개나 팔려가는 날이면 7살 꼬맹이는 뒷마당 구석에서 하염없이 눈물을 쏟는 경우가 생기기도 하였다.

첫 번째 가족, 소 다섯. 누런 황소였다. 몇 마리는 목에 방울을

달았고 몇 마리는 방울이 없었다. 소는 우리 집에서 가장 비싼 몸값을 지니고 있었을 것이다. 명절이 다가오면 대목이라 하여 소 값이 올라간다고 하였다. 이쯤 되면 소를 사려는 장사꾼들이 이 집 저 집을 드나들며 소 값 흥정을 하고, 잘 절충이 되면 며칠 뒤 소는 팔려나가게 된다. 여러 글들에서 팔려가던 소의 눈망울 이야기가 많이 나오는데 나 역시도 소리 내어 울부짖으며 트럭에 끌려 올라가던 소의 눈망울이 아직도 가슴에 생생히 기억된다.

코끝이 시린 초겨울이었던 것 같다. 기다리고 기다리던 송아지가 태어났다. 따뜻한 송아지의 몸에서 연신 김이 모락모락 올라온다. 그런 송아지를 어미소는 열심히 핥아준다. 몇 분이 지났을까? 송아지는 스스로 일어나 걷기 위해 쓰러지고 쓰러지고를 반복하더니 결국 일어섰다. 송아지는 스스로 서서 엄마 젖을 찾아 먹기 시작하는데 특이한 상황이 발생했다. 어미소가 모성애가 없다고 해야 하는 건지 자신이 낳은 송아지에게 젖을 주지 않고 외면한다. 아버지는 어미소를 잡고 송아지가 젖을 먹을 수 있도록 해 주셨다. 그 이후로도 송아지는 어미소의 젖을 먹기 위해 애를 썼지만 어미소는 끝내 외면했다.

이런 경우 송아지에게 젖을 먹이는 것은 내 몫의 일이 된다. 2리터 젖병에 분유를 타서 나는 내 몸집보다 큰 송아지에게 분유를 먹여야 했다. 송아지가 분유를 더 잘 먹기 위해 머리를 흔들라치면 나는 내동댕이치듯 넘어지곤 하였다. 내가 안마당을 돌아다니면 어디선가 송아지가 나타나 내 뒤를 졸졸졸 쫓아다니기도 한다. 어느덧 나는 송아지 엄마가 되었다. 송아지 몸집이 점점 커지고, 밭으로 논으로 뛰어다니며 농사가 망쳐지는 시기가 되면 송아지는 코뚜레로 코를 뚫려 줄을 매어 소우리로 들어가게 된다. 이제는 송아지가 아닌 그냥 큰 소다. 송아지는 더 이상 나를 쫓아오지 않는다. 이제는 언제나 헤어질 마음의 준비를 해야 한다.

'너도 어느 명절 날 즈음 트럭을 타고 가겠지. 아버지 주머니는 그득해지고, 우리는 즐거운 명절을 보내게 되고, 고맙고 슬프네.'

두 번째 가족, 돼지 열

돼지우리는 항상 시끄럽다. 한쪽에는 질퍽한 똥 무더기가 쌓여 있다. 돼지가 더럽다고 말하면 아버지는 말했다.

"이 좁은 공간에서도 돼지는 자는 곳과 싸는 곳을 명확하게 구분해서 쓰고 있단다. 결코 더러운 동물이 아니란다."

돼지는 소보다 임신 주기가 절반 이상 짧고 한 번에 태어날 때 보통 10마리 정도는 낳았던 거 같다. 그래서 우리 집은 항상 돼지가 우글우글했다. 돼지 새끼들은 젖 먹기 전쟁이다. 젖의 개수가 넉넉히 있어도 제대로 못 먹는 돼지들이 생겼다. 엄마 젖을 충분히 못 먹은 돼지는 힘에 밀리고 잘 못 먹어서 몸집이 눈에 띌 만큼 작다. 이런 돼지는 더러 생명을 잃기도 한다. 엄마 돼지는 그런 연약한 돼지를 별도로 돌보지 않는다. 알아서 살아남아야 한다. 동물들의 삶이 그러한 것일 것이다.

그럴 때면 그 돼지는 우리 집 안방을 점령한다. 갈색 대야에 안 쓰는 이불을 깔고 그 안에서 돼지가 생활한다. 난 또 분유 주는 담당이 된다. 이번에는 아기들이 먹는 그런 크기의 젖병에 분유를 타서 돼지에게 먹인다. 귀엽기도 하지만 냄새가 정말 싫다. 한동안 먹이다 보면 다른 고약한 냄새 없이 분유 냄새만 난다. 돼지는 잠도 많이 자고 꿀꿀거리기도 한다. 돼지 가족들 무리에 끼지 못하고 우리 집 안방을 점령한 돼지가 귀찮기도 하지만 애잔하기도 했다. 새끼 돼지가 성장하면 우리 안방을 나가 돼지 가족의 품으로 가지만 냄새가 다른지 왕따가 된다. 결국 한 우리에 막이 생기고 한쪽에는 내가 분유를 먹인 돼지만 살고, 반대쪽엔 엄마 돼지와 새끼 돼지들이 함께 모여 산다.

'엄마 돼지의 사랑을 받지 못하고 나의 돌봄을 받은 돼지의 마음은 어떨까?'

세 번째 가족, 염소 셋

염소도 내 담당이다. 말뚝에 줄을 매고, 염소 목에 줄을 걸어서 풀들이 많이 자라는 곳에 염소의 말뚝을 꽂아 놓는다. 동글동글한 똥이 여기저기 생긴다. 염소가 풀을 다 뜯어 먹으면 말뚝을 뽑아 근처 풀이 많은 곳으로 이동시킨다.

어느 더운 여름날이었다.

염소 주변에 똥파리들이 많이 달라붙어 있었고 염소가 힘들어 보였다. 나는 염소를 도와줄 일을 찾았고, 퍼뜩 생각이 났다. 얼른 집으로 달려가 똥파리들이 달라붙지 못하게 하려고 강력한 에프킬라를 찾아 들고는 염소의 항문 주위 및 온몸에 뿌려줬다. 똥파리들은 순식간에 사라지고 염소는 평온히 풀들을 뜯어 먹게 되었다.

며칠이 지났을까?

갑자기 아버지가 큰 소리가 들렸다. 밖에 나가서 보니 염소가 검둥이 흑염소가 아닌 털 뽑힌 통닭과 같은 모습이다. 검은 털이 듬성듬성 보이는 염소가 내 눈에 보였다. "왜 이렇게 된 거지?"

아버지의 혼잣말에 며칠 전 에프킬라가 떠올랐다, 하지만, 아버지에게 에프킬라를 뿌렸단 말은 하지 못했다. 그냥 침묵~. 끝내 정확한 이유는 밝혀지지 않았지만, 나의 에프킬라 때문이 아닐까 싶다.

그 후로 나는 다시는 동물에게 에프킬라를 뿌리지 않았다. 지금도 그 제품을 보면 그때 통닭과 같던 염소의 모습이 자꾸만 생각난다.

네 번째 가족, 닭 열

시골에서 도시락 반찬으로 계란은 엄청나게 맛있고 인기 있는 반찬이다. 어머니는 밥 위에 계란을 얹어서 주곤 했는데 도시락을 여는 순간 짓궂은 친구가 순식간에 푹 찍어가면 계란프라이가 없어지기 일쑤다. 몇 번을 당하고 나면 계란프라이는 밥 밑으로 깔거나, 뚜껑을 살짝 열고 얼른 그것부터 먹어 치워야 내 것이 된다.

이런 계란은 주로 집에서 키우는 닭들에게서 나온다. 병아리에서 성장한 엄마 닭이 알을 낳고, 그 알이 도시락 개수만큼 모이면 그날 도시락 반찬이 되는 것이다.

어느 날이었다.

나는 닭들이 안마당에 떨어져 있는 볍씨들을 열심히 쪼아 먹고 있는 모습을 보고 있다가 갑자기 장난을 치고 싶어졌다. 자루 속의 쌀을 한 주먹 꺼내서 안마당에 쪼르륵 한 줄로 뿌려줬다. 닭들이 우르르 몰려들어 열심히 흰쌀을 콕콕콕 먹어치운다. 그사이 나는 긴 장대(대나무)를 가지고 와서는 마루에 앉아서 닭의 다리를 살짝살짝 쳤다. 닭들이 쓰러진다. 재미있다. 또 쳤다. 닭들이 쓰러진다. 멍청한 닭은 그래서 연신 흰쌀을 쪼아 먹는다. 몇 번 반복하다가 재미가 없어져서 멈추었다.

다음날 안마당에 나갔다.

무섭게 생긴 수탉이 나를 쪼아댄다. 신발도 벗지 못한 체 얼른 뛰어서 마루로 올라왔다. 잠시 후 다시 나갔다. 그 수탉이 다시 나를 쫓아와서 쪼아댄다. 바지를 벗어보니 허벅지에 찍힌 자국이 생겼다. 눈물이 주르륵~~. 어머니와 아버지에게 일러바쳤다.

"저 수탉이 나를 이렇게 했어요."

그날로 그 수탉은 우리의 뱃속으로 들어왔다.

나는 그날 내가 한 짓을 부모님께 말하지 못했다. 내가 괴롭혔던 것에 대한 보복인가? 누가 조금 부족한 경우 닭대가리라 하였던가? 닭들아 미안하다.

다섯 번째 가족, 개 하나

누렁이, 백구, 흰둥이, 백구, 발바리 · · · .

시골에는 참 많은 개들이 산다. 여기저기 마을에서 개 짖는 소리가 우렁찬 합창 소리 같았다. 우리 집에는 많은 개들이 살다가 떠나갔다. 예전에는 쥐를 잡기 위해 집 주변에 쥐약을 많이 놓았는데 개들이 그렇게 쥐약을 먹고 거품을 뿜으며 죽는 경우가 많았었다. 우리 집 개들도 예외는 아니었다.

그리고 개 장수가 몰래 개를 훔쳐 가는 일도 종종 있었다. 신기하게도 그렇게 잘 짖던 개도 본적도 없는 개장수 앞에서는 오줌을 질질 싸며 짖지도 못하고 끌려간다고 했다.

어느 날이었다. 우리 집 앞길로 동네 고등학생 언니가 자기 집 누렁이를 끌고 가는 모습을 보았다. 다음 날 누렁이 주인아주머니

가 동네를 왔다 갔다 한다. 누렁이가 없어졌다고~

나는 말했다.

"순덕이 언니가 어제 끌고 갔는데요."

그날로 순덕이 언니는 머리를 밀렸다. 순덕이 언니가 용돈이 필
요했던지 누렁이를 데리고 버스를 탔고, 서산 시장에 가서 누렁이
를 팔았단다. 그날 이후로 나는 순덕이 언니 그림자만 봐도 도망쳤
다. 진실은 언제나 위험하다.

우리 집에는 백구가 살았다. 흰 털을 가진 고운 암컷이었다. 가
끔은 날카롭게 짖지만, 한없이 귀여운 모습을 보이는 녀석이었다.
학교에 갈 때 한번 짖어주고, 학교에서 돌아오면 반갑게 꼬리를 쳐
주던 듬직한 우리 백구.

어느 날, 백구가 없어지고 조그만 점박이 강아지가 나타났다.

"백구가 어디 갔어요?"

"그냥 사라졌다."

더 이상 자세한 말을 듣지 못했다. 쥐약을 먹고 죽었나?, 개장수
가 훔쳐 갔나?

나중에 안 사실이지만 동네 아저씨가 사 갔고, 병원에서 퇴원한
누군가의 몸보신용이 되었다고 한다. 그때는 몰랐다. 하지만 속으
로 짐작은 했었다. 점박이가 백구만큼 컸을 때 어른들의 대화를 듣
고 정확히 알 수 있었다.

'그랬었구나?'

그리고 함께 한 사람 가족 6명을 더하니 아래의 덧셈이 완성된
다.

소(5)+돼지(10)+염소(3)+닭(10)+개(1)+사람(6)

우린 그랬었다. 동물은 진정 소중한 가족이었고, 삶의 일부분이었다. 함께하기도 했고, 팔기도 했고, 지금은 이해하기 힘들겠지만, 그들과 우리는 그렇게 살았다. 내 추억 속의 가족들~.

아무튼 교무실로 불려 간 나는 1시간 정도(기억의 시간) 손을 들고 벽에 붙어 있었다.

아닌 줄 알면서도 썼던 내 마음, 그렇게 인정하고 싶었던 내 마음, 선생님은 알았을까? 그날의 기억은 여전히 추억이다.

프로필

- 숭실대학교 복지경영 박사과정(현)
- 다원교육연구소 대표
- 곤충생태교육전문가
- 환경교육 전문가

엄마에 대한 기억

전 선 화

"정순아! 이놈에 지지배야 빨리 안 나오냐! 어디 지지배가 글을 배웟!"

"아부지, 제발 조금만 배우게 해 주세요. 네!"

"빨리 빨리 나왓!"

"제발요. 학교에 다니게…. 흑흑!"

엄마는 울면서 애원했지만 외할아버지에게 가차 없이 교실에서 끌려 나왔다.

"저어, 아버님. 올 해만이라도, 아니 한글을 다 배울 때까지라도… …"

선생님이 뛰어나오며 만류하였지만 외할아버지는 듣는 척도 안 했다고 한다.

엄마 나이 8살. 국민학교 1학년. 엄마는 국민학교(지금의 초등학교)도 못 나왔다. 너무나 공부가 하고 싶었지만 여자는 배우면 안 된다는 생각을 확고하게 가졌던 할아버지는 기어코 학교에서 공부하고 있던 엄마의 팔을 잡아끌고 나왔던 것이다.

또한 그 당시 국민학교는 지금처럼 의무 교육이 아니어서 매달 월사금을 내야 했다. 외할아버지는 아들도 아닌 기집애에게 그 돈을 쓰기 아까웠던 것이다.

7남매 중 막내

여자는 단 둘! 둘째였던 이모와는 나이 차가 좀 많아서 엄마 같았다. 외할아버지도 엄마를 꽤 귀여워했지만 여자가 학교에 간다는 것은 있을 수 없는 일이며 집에서 살림하라고 혼을 냈다고 한다. 그래서인지 엄마의 살림 솜씨는 야무지다. 특히 고추장과 된장, 그리고 김치는 주변에 소문이 나서 된장과 고추장 담글 때는 주면에서 서로 달라고 아우성을 칠 정도였다. 아쉽게도 나는 그 솜씨를 하나도 물려받지 못한 요즘 말로 똥손이다.

"조정순 어머니, 잘 하셨어요! 이번에는 이 문장 읽어 보세요."

"에구 선상님, 왜 이렇게 어려워요오."

배움에 목말랐던 엄마는 내가 중학교 2학년 즈음, 아무도 몰래 신림동에서 대학생들이 하던 야학에 다녔다 무려 2년 가까이나 우리 모두에게 비밀로 하고 말이다.

"엄마, 어떻게 그렇게 몰래 다니셨어? 놀랍다아."

야학에 다닌다는 사실을 그렇게나 오래 숨겼다니. 우리 집이 있는 청구동에서 신림동까지는 엄청나게 멀고 버스도 잘 안 다녀서 힘들었을 텐데.

지금이야 웬만하면 자가용에 지하철 등 대중교통이 잘 되어 있어서 크게 힘들지 않지만 1970년대 서울의 교통은 그리 편리하지 않았다. 특히 서울의 중심에서 벗어나 변두리로 가는 경우 버스 연결이 잘 되지 않아 기본으로 30~40분은 기다려야 했다. 그렇게 힘든 길을 그것도 그 오랜 시간 아무런 내색도 없이 다니신 엄마.

그 마음이 아프다.

엄마는 글자를 읽는 것은 크게 불편함을 못 느꼈지만, 글씨를 쓰거나 은행 일을 볼 때는 이리저리 눈치를 보면서 물어보고 하다 보면 제대로 일을 보지 못하고 오는 경우가 많았다 결국 내가 가야만 했다. 실제로 아버지는 바빴기 때문에 동생들 입학, 전학 수속 같은 일은 장녀인 내가 하는 경우가 많았다. 나도 학생이었음에도…. 그래서 남들 앞에서 당당하게 글씨를 써 보는 것이 소원 중의 하나였다. 또 배움의 이유 중 하나는 아버지 때문이었다.

"엄마! 아버지 까칠한 성격을 어떻게 다 받아 주세요?"

물어 본 적이 있었다. 사실 우리 아버지는 항상 아팠다. 공무원이 아니었으면 우리 가족이 어떻게 살았을까 할 정도였다. 평생 병수발에 그 까다로운 성격을 한 번도 찌푸리지 않고 다 받아준 엄마가 신기했다. 한번은 엄마 대신 내가 아버지에게 대들었다가 처음이자 마지막으로 한 번 맞은 적도 있었다.

"네 아버지는 지금까지 살면서 내게 한 번도 무식하다거나, 못 배웠다거나, 본인이 대학을 나왔다고 나를 무시한 적이 없었어. 그것이 내게는 너무 고마워서 영생 네 아버지 다 받아 줄 수 있어."

아! 그토록 배움이 엄마에게는 소중했구나 싶어 눈물이 났다.

엄마와 기억 속의 6.25

엄마가 태어난 곳은 전라북도 옥구군 성산면 수심동. 금강 하구 근처에 자리한 오성산 기슭에 옹기종기 같은 성을 가진 사람들 10여 가구가 모여 사는 곳이다. 지금도 수도 시설이 들어오지 않아서 우물물을 끌어다 쓰는 곳. 어린 시절 외가에 놀러 갔을 때, 산 밑에 큰 독을 묻고, 널빤지 두 장을 걸쳐 놓은 화장실을 보고 기겁했던 그 기억이 아직도 남아 있는 곳. 너무나 평화로워서 지루할 정도로 조용한 마을이었다.

1950년 7월경 무덥던 어느 날. 내 나이 12살 무렵 마을이 갑자기 소란스러웠다. 동네가 소란스러웠다.

"수레 마을에 배타고 거 뭐시기 인민군인가? 어쨌든 북한에서 군인들이 들어와서 마을 청년들을 잡아 간대야."

"거 뭔 소리래유?"

이웃 아줌마들이 떠드는 소리로 온 동네가 소란스러웠다. 얼마 지나지 않아 우리 마을에도 인민군들이 들어왔다. 무서워 보였다. 우리 집은 선산을 관리하는 재실도 있어서 상당히 마당이 넓었다. 그 인민군이라는 북한 군인들은 우리 집으로 왔다. 그리고 일부는 우리 집에 짐을 풀고, 일부는 산 위로 올라가 통신선을 설치했다. 그리고 무전기를 꺼내 무어라 연락하기 시작했다.

우리 집에 온 인민군들은 빨리 밥을 하라고 나와 엄마를 무섭게 재촉했다. 나는 그런 인민군이 무섭지 않았다. 그 중 한 명이 날 보고 소리쳤다.

"야, 야! 엠네. 여기 우물이 어디냐?"

나는 무서워서 얼른 샘터를 알려줬다. 몇 명의 인민군이 샘터에 둘러앉아서 모자를 벗었는데 깜짝 놀랐다. 나보다 서너 살 정도 더 먹어 보이는 우리 막내 오빠 또래였다. 내가 멍하니 쳐다보든지 말든지 그들은 종아리에 겹겹이 감은 각반을 풀고 발을 이 더운 여름에 얼마나 꽁꽁 싸맸던지 피부가 온통 땀띠로 시뻘겠다.

밥 내놔라! 잠 잘 데는 어디냐, 온갖 난리를 치던 인민군은 단

이틀 만에 마치 썰물처럼 군산으로 빠져 나갔다. 그리고 그들이 군산으로 간 후였다. 북한에 동조한 청년들과 무슨 '여맹...'에 속한 여자들이 마을 마다 돌아다니며 마을 여자들에게 노래 등 여러 가지 교육을 했다. 그러다 하늘에서 비행기 소리가 들리고 '공습이다' 하는 소리가 들리면 모두 대나무 숲으로 도망가서 숨소리마저 죽이고 숨어 있었다. 조금이라도 움직이면 바로 폭탄이 떨어지기 때문이었다.

비행기가 지나가고 나면, 여맹위원들은 노래를 가르쳐줬는데 '위대한 김일성 장군님~' 어쩌구 하는 노래였다. 그 노래를 얼마나 불렀는지 90이 다 되어 가는 지금에도 기억이 난다. 그리고 완장을 찬 남자들이 여러 가지 이유로 사람들을 잡아가기 시작했다. 우리 둘째 오빠도 아무 이유 없이 잡혀 가서 엉망이 되도록 맞아 업혀 오기도 했다.

그러나 가장 참혹한 일은 얼마 되지 않아 국군이 오면서부터였다. 세상이 바뀌니 국군은 마을의 부역한 남자들과 여자들을 잡아갔다. 그리고 잡혀간 사람들은 다시는 돌아오지 않았다. 오직 한 사람! 우리 마을에 가장 부자인 기와집 일본인 며느리만 살아 돌아왔다. 아니 온 것이 아니라 시체더미에서 혼자 기절한 채 발견된 것이었다. 그 며느리의 말에 의하면 끌려간 마을 사람들은 산기슭에 서 있는 나무줄기에 묶어 놓은 채 바로 총을 쐈다고 했다. 자기는 총을 쏘는 순간 기절한 것 같다고 했다. 남편과 함께 끌려갔던 그 일본인 며느리는 조용하고 착한 사람이었다. 그 이후로 집 밖으로 나오지 않았던 그 며느리가 어떻게 되었는지는 모른다.

어렸던 까닭에 피난민 행렬을 보기는 했어도 전쟁의 참혹함을 거의 느끼지 못 했던 나는 지금도 귀가 터질 듯이 시끄럽던 비행기 소리, 숨죽이며 엎드려 있던 대나무 숲, 그 사이로 뿌옇게 내려앉던 햇살이 어제 일처럼 기억에 생생하다.

엄마와 아빠의 만남

1938년생 범띠였던 엄마는 팔자가 세다는 말을 들으며 자랐다. 그래서 엄마 보다 한 살 어렸던 토끼띠 동무들이 열일곱, 열여덟에 시집갈 때도 오직 집에서 외할머니를 도우며 살림을 배웠다. 그래서 그런지 엄마는 현모양처의 전형이었다.

그러다 중매로 공무원인 아버지와 결혼을 하고 2녀 2남을 낳고 서울 중구 청구동에서 살았다. 결혼 생활은 큰 딸인 내가 초등학교 6학년이 될 때까지는 그야말로 대한민국 전국을 옮겨 다니는 유랑민의 삶이었다. 중앙청 공무원던 아버지는 거의 1년에 한 번 정도 발령을 받았다. 나만 해도 초등학교만 7번을 전학했다. 심지어 1학년 한 학기 다니고 전국에 있는 학교를 다니다 6학년 2학기에 다시 입학했던 초등학교로 전학 오는 웃지 못 할 일도 있었다. 어째든 이렇게 10여 년을 전국을 돌아다니다 서울 지방직 공무원이 되면서 안정적인 생활을 하게 되었다.

아버지는 '칸트'라는 별명으로 불릴 정도로 시간관념이 철저했다. 오죽하면 동네 사람들이 아버지 출근하는 것과 퇴근하는 것으로 시간을 맞추었을까. 또 점심도 꼭 집에 와서 먹었다. 찌개는 없어도 국은 꼭 있어야 했다. 그것도 매끼 다르게. 그럼에도 엄마가 아버지를 존중하고 결혼 생활을 이어 갔던 가장 큰 이유는 아버지가 학력으로 절대 무시하지 않았고, 또 하나 한 번도 거친 말이나 욕을 하시지 않았다는 것이다. 실제로 우리도 크면서 아버지에게 들었던 가장 심한 말이 '기집애'였다.

아버지와 살면서 엄마의 소원이 하나 있었다. 그것은 아버지께서 출장을 가서 하루만이라도 아버지 없이 혼자 지내는 것이다. 아버지는 그저 직장 그리고 집 밖에 없었다. 그 흔한 짜장면 외식도 집에서 밥 먹지 무슨 외식이냐고 할 정도 였다. 이렇게 꽉 막힌 아버지와 산 엄마를 존경한다.

하지만 안타깝게도 아버지는 60세 환갑을 치르고 그 이듬 해 61세의 나이로 세상을 떠났다. 엄마는 아버지를 사랑했을까? 오글거려서 아직도 물어보지 못 했다.

아버지가 세상을 떠난 후, 정말 열심히 살았던 엄마. 그런 엄마는 지금 인지장애를 겪고 있다. 지금도 계산도 잘 하고, 색칠도 잘 하는 엄마는 조금씩 기억을 잊고 그것을 기억 못 한다는 것 까지도 잊었다.

엄마에게 살가운 딸이 아닌, 무뚝뚝한 딸인 나는 지금까지 한 번도 엄마에게 '사랑한다'고 말해 본 적이 없다. 언젠가는 해야지. 환갑이 넘은 이 나이에도 아직 못 해 글에서라도 외쳐본다.

"조정순 이레네 여사님! 사랑합니다."

프로필

- '책도둑' 독서학습회 회장.
- 그린환경운동본부 문화부장.
- 독서논술지도사
- 역사(체험)지도사

나는 발달장애 아이의 엄마다

전 세 원

내가 발달장애 엄마라는 말을 하면 사람들은 날 불쌍하게 바라본다. 발달장애인이나 발달장애인과 사는 가족들을 바라보는 사회의 시선이 있다. 우울, 불쌍, 안쓰러움, 세상의 슬픈 단어는 모두 다 갖다 붙인다. 나 같이 발달장애인의 부모들은 친인척들과 이웃에게 따가운 시선을 받고, 사람들의 혐오 가득한 눈빛과 말들을 감내해야 한다. 우리를 바라보는 시선과 말들이 상처가 되고, 또 다른 상처를 만들고 있다. 그래서 우리는, 아니 나는 아이의 발달을 위해 노력하는 것보다 세상의 편견과 맞서 싸워야 하는 것이 아닐까 싶다.

부모라고 모두 아이의 장애를 인정하고 받아들이는 것이 아니다. 아이의 장애를 숨기는 부모도 많다. 그들이 숨길 수밖에 없는 가장 큰 이유는 사회의 따가운 시선일 거다.

성인기가 된 내 딸은 죽어도 아이에 대한 걱정을 멈출 수 없게 하는 나의 영원한 우려 대상자다. 아주 오래전 일이지만 아이가 장애 진단받던 날이 아직도 생생하다. 따뜻하고 푸른 봄날. 서울 구경 간다고 해맑게 웃던 아이. 몇 시간 뒤에 병원에서 나오면서 내 아이는 비장애인에서 발달장애인이 되었다. 눈부시게 비치던 햇살이 밉고 야속할 정도로 하늘이 무너졌다. 아이와 난 어떻게 살아야 할지…. 세상에 존재하는 어떤 말이나 단어로 표현할 수 없는 아픔이 다가왔다.

아이 앞에서 안 그런 척 집으로 오는 길 잠든 아이를 보며 흐르는 눈물을 닦고 또 닦았다. 장애인으로 살아가야 할 내 아이, 하느님을 원망하며 왜 나에게 이런 아픔을 주시는 건지 묻고 또 물었다. 몇 주는 그렇게 울면서 심한 몸살을 앓으며 지나간 듯하다.

어느 날 문득 드는 생각.
'난 엄마잖아. 내가 울면 이 아이는 누구에게 기댈 수 있을까?'
정신이 번쩍 들었다. 난 엄마니까 내 아이를 지키고 가르쳐야 한다는 사명감이 들었다. 그 후로 난 미친 듯 공부했다. 내가 살던 춘천은 그 당시 특수교육 및 치료센터는 열악했고, 발달장애 아이를 키우며 늘 막막한 부모들을 더 힘들게 하는 센터들도 많았다. 발달장애는 치료가 되지 않는데 치료할 수 있다고 단언하는 엉터리 센터도 있었다. 아직도 그곳이 운영되고 있다는 것이 아이러니하다.

겉모습만 보고 "애가 무슨 장애야?"라고 내뱉는 사람들의 말과 같은 장애 부모여도 "걷는 데, 말하는데, 대화가 되는데" 라며 장애 부모들끼리도 편을 가르듯 하는 말들이 상처로 다가왔다.

무엇 하나도 쉽게 얻어지지 않는다는 것을 이 시기에 배울 수 있었다.

그래서 난 내가 할 수 있는 것과 내가 할 수 없는 것을 구분하기 시작했다. 아이가 살아갈 세상과 맞서야 했고, 세상은 녹록하지 않았다. 난 내가 없는 이 세상 아이가 "어떻게 살아가야 할까?"를 고민하며 뜬눈으로 밤을 지새웠다. 내 방법이 맞는 건지 틀린 건지 모르지만, 아이의 건강과 생활 환경을 나름대로 살피면서 방향을 정했다. 내가 생각한 큰 틀은 다음과 같다.

생활 규칙

대인 관계

위생

경제관념

4가지 큰 틀 안에서 장애든 비장애든 꼭 지켜야 할 것이 무엇인지를 생각하고 구분하여 나누게 되었다. 생활 규칙 안에서 경계를 정했고, 장애아여도 버릇없는 행동은 안 된다는 것을 가르쳤다. 또 모든 것을 루틴대로 할 수 없다는 것도 알려줘야 했다. 아이와 루틴을 만드는 것도 어려운 일인데 늘 핑계를 대면서 루틴대로 하지 않으려 해서 많은 시행착오가 있었고, 포기하고 싶은 맘이 열두 번 도 더 들었다.

때론 내가 목표한 대로 움직이지 않는 아이를 이해하지 못해 다그친 적도 많았다. 그럴 때마다 양육 태도가 다른 남편과 싸우기도 했었다. 내 아이는 심리적으로 불안이 매우 높은 아이라서 정서적 안정이 매우 중요했는데 양육 태도의 차이로 인한 충돌로 아이의 불안이 높아지게 했다. 그렇게 우리 부부는 우리 가족만의 방법을 찾아갔다.

아이가 즐길 수 있는 것을 찾고, 학습보다는 자연에서 놀 수 있게 했다. 대인 관계가 미숙한 아이를 위해 주말마다 친구들을 초대

했다. 친구들과 어울리는 아이의 모습을 관찰하고 무엇을 가르쳐야 할지 파악 후 일상생활에서 연습할 수 있도록 했다. 친구와 어울리지 못하면 언니의 도움을 받아 또래문화를 배울 수 있도록 했다.

발달장애는 자라는 환경에서 많은 영향을 받는다. 경험을 많이 한 아이는 낯선 장소에 대한 두려움이 줄어들고, 경험을 적게 한 아이는 다양한 상황이 오히려 불안으로 작동되고 있다는 것을 알 수 있었다. 지금 학령기 아이를 보며 그때는 몰랐던 것들이 많았음을 알 수 있고, 지난 후 눈에 들어오는 것들이 있었다. 예를 들어 아이가 "배가 아파요.", "머리가 아파요." 라고 표현하는 것이 아이가 보내는 어떤 신호라는 것을 몰랐다. 학교에서 아이들과 어울리지 못하고 늘 외톨이였기 때문에 그런 곳에 가기 싫었고, 잘 알아듣지 못하는 학교에서 힘들었다는 것을 너무 늦게 깨달아서 지금도 미안하고 아프다. 이렇게 아이가 성인이 된 후 깨닫게 되는 것들이 많다.

발달장애 아이에게 위생 개념을 알려주는 것은 쉬운 일이 아니었다. 깨끗함과 더러움을 구분하는 것을 알게 해야 했다, 그러나 내가 보는 기준과 아이가 보는 기준이 달라 익숙해지기까지 의견 충돌이 많았다. 이 부분을 습득하게 하기 위해 스티커, 영상 활용까지 다양한 방법을 써 보았다. 그 시절을 되돌아보면 쉬운 것은 없었고 하루하루 전쟁 같았다.

가장 어려웠던 부분은 돈의 개념이었다. 화폐단위를 구분하는 것, 화폐를 사용하는 것, 카드와 현금의 개념, 은행 이용하는 것 등으로 크게 나누어 본 후 아이가 할 수 있는 것부터 차근차근 가르치게 되었다. 아이는 돈, 즉 신용카드를 게임 머니와 같다고 여겨 내가 돈이 없다고 하면 아빠에게 충전해 주라고 떼를 쓰기도 했다. 아이에게 가르치며 고개를 넘고 나면 또 하나의 고개가 나타났지만 엄마니까 견뎌내야 했다.

발달장애 아이와 함께 살아가는 엄마로서 난 아이에게 무엇을 해줄 수 있을까?

이 질문에 대한 답은 평생 답을 할 수 없고 이 질문에 대한 정답은 없다. 그저 묵묵히 앞으로 나아갈 뿐이었다.

발달장애 아이를 키우며 우여곡절과 아픔이 많았지만 아픔만 있는 것은 아니다. 난 내 아이뿐만 아니라 우리 아이들이 행복한 세상이길 바라는 마음으로 발달장애를 키운 경험과 꾸준한 공부로 인해 발달장애인을 위해 할 수 있는 일을 찾게 되었다. 그래서 더욱 발달장애인들의 교육에 온 힘을 쓰며 발달장애인을 위한 올두 성교육 연구소를 차리게 되었다. 사람들은 발달장애 아이나 잘 키우지 무슨 일을 하냐고 했다. 하지만 내 아이, 우리의 아이가 살아갈 세상은 발달장애인을 바라보는 시선이 좋지 않을 뿐만 아니라 오히려 혐오의 대상이 되는 경우가 많은 세상이다. 대표적인 발달장애인의 성과 관련된 것들을 위험한 것으로 보는 인식을 변화시키고 싶었다. 내가 성교육에 뛰어들게 된 이유를 곰곰이 생각하니 딸의 장애 진단을 계기로 변화한 내 인생 때문이다.

아이가 발달장애라는 것을 알게 된 순간부터 부모의 세상은 180도 바뀐다. 상냥하고 친절했던 세상이 불공평과 억울함으로 가득한 세상이 되고 만다. 발달장애라는 이유로 얼마든지 할 수 있는 일에서도 망설임 없이 배제되는 내 아이를 보며 매 순간 생각했다.

'우리 아이에게 어떤 미래를 꿈꾸라고 해야 할까?'

'내가 없는 세상…. 아이는 집 밖에 있을 수 있을까?'

그렇다고 포기할 수는 없었다. 우리 아이도 행복할 자격이 있으니까. 그래서 더 간절하게 사회로 내보낼 준비를 했다. 사회생활의 기본 소양을 여러 방법으로 끊임없이 교육했다. 성교육도 그 일환이었다.

누군가는 말한다. 왜 하필 성교육 연구소냐고. 발달장애아를 키우며 만난 부모들의 무거운 고민이자 사회활동에서 커다란 걸림돌이 되는 것이 성 문제임을 깨닫게 되었기 때문이다. 올바른 성학습이 되지 않은 발달장애인들은 성인이 돼서도 주위 시선 상관없이 서슴없는 행동을 하고, 성매매, 성폭력 사건에 쉽게 휘말리기도 한다. 그런데도 보호자들은 어떻게 교육을 해야 하는지, 어느 기관에 도움을 요청해야 하는지 모르고 있는 경우가 다반사였다. 발달장애인의 삶에서 위험한 걸림돌이 되는 것을 가장 먼저 해결해주고 싶었다. 그래서 모두가 꺼리고 어려워하는 '발달장애인 성교육'을 선택했다. 이렇게 하나씩 그들의 인식을 바꾸고 세상의 시선을 바꾸면 곧 누구나 뭐든지 할 수 있는 세상이 오리라 믿기 때문이다.

사람들은 성인이 되었으니 편하지 않냐고 말한다. 과연 그럴까? 발달장애인의 성인기는 더 힘들고 처절하다. 갈 곳이 없어 이리저리 다니다 집에서 머물게 되고 그아이의 부양이 부모의 몫으로 되돌아오는 경우를 보게 되었다. 난 또 겁 없이 세상에 돌을 던졌다.

발달장애인이 기관을 이용하고 낮 시간을 의미 있게 활동하고 스스로 삶을 위해 생활 경험을 배우고 익혀나갈 수 있는 센터를 열게 되었다. 내 아이뿐만 아니라 다른 발달장애인들과 함께 생활하며 이들에게 배우고 깨닫는 것이 더 많아졌다.

나는 엄마로서 세상과 맞선다. 엄마이기에 앞으로도 그 사실은 변함이 없을 것이다. 내 아이도 우리의 아이들이 살아갈 세상과 맞서며 그 사회의 인식이 좋아지길 소망한다.

프로필

- 현)올두원주시발달장애인주간활동센터 센터장
- 현)올두 성교육 연구소 소장
- 현)강동대학교 사회복지학과 교수
- 장애인 개발원 사회적 장애인식개선 전문강사
- 장애비장애 상담 및 교육

내 주를 가까이

정 세 민

누구나 피할 수 없는 막다른 골목에서 적수를 마주칠 수 있다. 선택은 적수와 당당하게 싸우느냐 아니면 꼬리를 내리고 항복하느냐이다. 이기고 지느냐는 그리 중요한 문제가 아니다. 다만 어떠한 자세로 그 적수를 상대했느냐 만이 관건이다. 기철에게는 신학교 졸업을 앞두고 교수회의에 불려 나가 자기 신념을 소명해야 했던 일이 그러했다. 대학원장은 몇 가지 질문을 던졌다.

"왜 자꾸 육체를 부인하라고 하지?"

"주님이 누구든지 나를 따라오려거든 자기를 부인하고 자기 십자가를 지고 나를 따를 것이라고 하셨기 때문입니다."

"육체를 부정하는 건 육체를 창조한 하나님을 부정하는 거야. 하나님이 천지창조를 마치고 그 지으신 모든 것을 보시니 보시기에 심히 좋았다고 하지 않았나?"

"주님은 살리는 것은 영이니 육은 무익하니라 내가 너희에게 이른 말은 영이요 생명이라고도 하셨죠."

"헬라 사상을 말하고 있군."

"헬라 사상을 말하는 게 아니라 성경을 말하고 있습니다."

끝내 신념을 굽히지 않은 기철에게 제적통지서가 날아들었다.

거기에는 비성서적 교리를 신봉하고 선전한다는 제적 사유가 짤막하게 쓰여 있었다. 그는 날카로운 칼날이 지나간 듯이 가슴이 쓰라렸다. 하지만 이미 엎질러진 물이요 스스로 선택한 길이다. 누구를 탓할 수도 없고 자신을 원망할 일도 아니었다. 기철은 자기 신념에 충실했을 뿐 경거망동하거나 경솔한 처신에 대한 대가는 더더욱 아니었다. 다만 3년 동안이나 젊음을 바쳤던 신학교에서 졸업장을 받지 못해 앞날이 막막해졌다는 사실이 문제였다.

기철이 가장 미안한 사람은 어머니였다. 신학교 재학 내내 돈 한 푼 벌지 않으면서 소위 '엄마 장학금'으로 건달 노릇을 했기 때문이다. 그렇다고 기철이 공부를 안 하고 놀고먹기만 한 것은 아니었다. 기숙사 새벽기도회가 끝나고 나면 바로 도서관으로 가 성경을 읽은 그였다. 그렇게 첫 수업 전까지 성경을 읽다가 강의에 들어가면 기철은 어느 학생보다 말발이 섰다. 하지만 학비와 생활비를 전적으로 어머니에게 의존하고 있던 그였기에 수업 시작 전 칠판을 지우고 분필을 정리하는 강의 보조 아르바이트를 하는 동학 들을 보면서 자괴감이 드는 건 어찌할 수 없었다.

대전에 있는 신학교에서 금요일까지 수업을 듣고 토요일에 서울에 올라와 주일이면 예배를 드리고 월요일에 다시 대전으로 내려가는 생활을 3년간 하면서 기철은 번 아웃이 되어갔다. 뺑뺑이 돌리는 신학교 교육과정과 교회에서 일어나는 온갖 잡음, 앞이 보이지 않는 진로 문제로 기철은 거대한 미궁 속에서 헤매고 있었다. 그러던 중 마지막 영어시험을 치르기 위해 대전으로 내려갔을 때

기철은 교무과장을 찾아가 자연스레 진로에 관해 대화를 나누게 되었다.

"전도사님, 앞으로 사역할 교회는 정하셨습니까?"

"아니요, 아직 못 정했습니다."

"요새 교회가 다 포화상태라서 들어갈 데가 별로 없죠?"

"네, 지원을 몇 군데 했는데 다 떨어졌어요."

"공부를 더 해보시지 그래요?"

"아니요. 제게 필요한 건 공부가 아니라 하나님을 만나는 것입니다."

하지만 모든 일은 언제나 그렇듯이 기철의 뜻대로 되지 않았다. 그가 마주한 현실은 정통교리에 반하는 신념을 가지고 있는 학생에겐 졸업장을 줄 수 없다는 교수들의 결정이었다. 게다가 이단이라는 낙인은 기철의 행동반경에 심각한 제한을 가져왔다. 더 이상 교계에서 일자리를 구할 수 없을 뿐 아니라 다른 신학교에 들어가려 해도 제적 이력을 없애야하는 신분 세탁이 필요했다.

결국 그가 찾아 들어간 곳은 학원가였다. 아무리 신념 때문에 신학대학원 졸업장을 버린 기철이지만 목구멍이 포도청인지라 밥벌이를 하지 않고는 버틸 수가 없었다. 그에게 주어진 일은 초등학생에게 논술을 가르치는 일이었다. 책을 읽고 토론한 다음 글까지 쓰게 지도하는 일이라 해볼 만하다고 여겼다. 하지만 사교육이란 게 다 그렇듯이 입시 경향에 따라 아이들을 뺑뺑이 돌리는 일이기에 기철은 금방 싫증이 나버렸다. 한번은 도무지 집중하지 않는 아이들에게 이런 질문을 던졌다.

"너희, 수업이 재미없니?"

"네!!! 선생님 지겨워요~~~"

"그래도 어쩔 수가 없어. 두 시간은 채워야 너희를 보내줄 수 있다."

"에이~~~, 그런 게 어디 있어요. 끝났으면 빨리 보내줘요!"

"선생님도 그러고 싶어. 하지만 그럴 수 없는 선생님 사정도 이해해라."

"에이~~~, 싫어요. 엄마보고 학원 끊어달라고 해야겠네."

"너희들 안 되겠어. 정신교육부터 시켜야겠어. 너희, 공부를 왜 한다고 생각해?"

"좋은 대학에 가려고요."

"좋은 대학은 왜 가려고 하지?"

"그래야 좋은 데 취직해서 돈을 많이 벌죠. 그럼 선생님은 왜 선생님이 됐어요?"

한 학생의 기습적인 질문에 기철은 움찔했다. 순간 교과서적인 답이 떠올랐으나 그는 솔직하게 말하기로 마음먹었다.

"돈을 벌기 위해서야. 그게 가장 큰 이유지."

아이들이나 기철이나 마찬가지였다. 아이들이 밥도 제대로 먹지 못하면서 이 학원 저 학원으로 떠돌고 있는 이유나 지금 그가 그런 아이들을 가르치는 이유나. 애나 어른이나 다 돈 때문에 죽을힘을 쓰고 있었다. 기철은 이런 세상이 싫었고, 언제까지 이런 삶을 견뎌야 하는지 괴롭기만 했다. 이런 기철에게 다가선 사람은 같은 학원 강사 도지훈이었다. 그는 기철보다 먼저 학원에 들어와 학생 수를 많이 늘려 실력을 인정받고 있는 유능한 학원 강사였다.

"선생님, 요새 좀 힘드신가 봐요?"

"네…. 좀 그렇습니다."

"저도 김 선생님 심정 알 것 같아요. 학원이란 데가 원래 애들 망쳐놓는 데잖아요."

"아 도 선생님도 그렇게 생각하세요? 저는 애들한테 가르치는 게 죄를 짓는 것 같아요."

"아이들을 가르친다고 이것저것 집어넣지만 그게 다 애들 생각 죽여 놓는 일이죠."

"맞아요. 그래도 논술이란 과목은 책을 읽고 나름 자기가 느낀 바를 쓰는 거라 해볼 만하다고 여겼는데 이건 뭐 전혀 아니에요."

"이렇게 방법만 가르쳐서 글 쓰는 기계밖에 더 되겠어요?"

"도 선생님은 언제까지 이 일을 할 생각이세요?"

"저도 애들 가르치는 게 염증이 나요. 곧 그만둘 생각입니다."

"그럼 앞으로 어떻게 하시려고요?"

"저는 신학교에 들어갈 생각입니다"

"네? 신학교요?"

"네, 저는 목사가 되는 게 꿈입니다."

기철은 머리가 아찔했다. 자신과 똑같은 꿈을 가진 사람을 학원에서 만나게 되다니. 지훈은 목사가 되는 게 꿈이라 신학을 공부하기 전 영문과에 들어가려 했지만 2지망으로 쓴 철학과에 붙었다고 했다. 그런데 사달은 거기서 나고 말았다. 철학을 공부하면서 기성교회에 반감을 갖게 됐고, 끝내 신앙을 버리려 했다고 말했다. 게다가 니체를 알게 되면서 지훈의 방황은 더욱 깊어졌다고 했다. 죽음까지 생각했던 지훈이 다시 신앙으로 돌아서게 된 계기는 지도교수와의 대화 때문이었다고 한다.

"도 군은 물이 덜 빠졌어."

"네? 그게 무슨 말씀이신지….."

"도 군은 종교라는 물이 들어서 빠지질 않아. 철학을 제대로 하려면 전제가 없어야 하네. 그게 비록 신이라고 하더라도 말이야."

"저는 신을 철학적 전제로서 필요로 하지 않습니다. 다만 실존적 존재로서 신앙할 뿐입니다."

"그럼 도 군은 더 이상 철학을 공부할 필요가 없겠네. 자네는 교회로 돌아가는 게 맞겠어."

"네, 저는 니체가 타락한 종교에 분노한 심정은 충분히 이해합니다. 하지만 제게 신은 죽은 게 아니라 지금도 살아있습니다."

지훈은 감히 니체를 전공한 지도교수 앞에서 신은 살아있다고 주장했다. 그날로 그는 신을 죽여야만 하는 사상적 압박에서 자유로울 수 있었다. 하지만 지훈은 가족이 있었기에 우선 생계에 뛰어들 수밖에 없었고 학원가에 몸담게 됐다고 했다. 자연히 기철은 지훈과 신학교에서 쫓겨난 이야기도 나눴다.

"그러니까 김 선생님이 신학교에서 제적된 이유가 살리는 것은 영이고 육은 무익하다고 했기 때문이야?"

"그래. 교수님은 그게 헬라 사상이라고 했지만 난 성경대로 말했을 뿐이야."

"요한복음은 영과 육을 분리하는 헬라 사상의 영향을 받아 기록된 문서야. 플라톤은 육체는 영혼의 감옥이라고 했고, 이런 헬라의 영과 육을 분리하는 이원론이 기독교로 흘러 들어가 영지주의가 되었지."

"그럼 창세기 2장 7절에 여호와 하나님이 흙으로 사람을 지으시고 생기를 그 코에 불어 넣으시니 사람이 생령이 되었다는 어떻게 해석할 거야? 사람은 흙과 생기가 합쳐져서 만들어졌잖아. 그렇다면 당연히 영과 육의 이원론이 맞는 거 아냐?"

"니체는 인간을 몸이라는 개념을 가지고 일원적으로 파악했어. 영과 육을 나누는 이원론은 결국 사후세계에만 목을 매달아 현실도피적인 신앙을 낳지. 하지만 니체가 생각한 역사적 예수는 철저히 당시 사회현실에 발을 딛고 있었어."

지훈은 니체를 전공한 철학도 답게 기철의 주장을 이원론이라고 비판하고 있었다. 하지만 기철은 일원론이니 이원론이니 하는 용어들을 들먹이는 지훈이 마음에 들지 않았다. 게다가 지훈은 기독교가 사회를 변혁하는 데에 앞장서야 한다고 믿고 있었다. 그가 역사적 예수를 거론한 이유도 바로 거기에 있었다. 이렇게 서로 전혀 다른 생각을 가졌지만 둘은 틈만 나면 만나서 신학에 대해, 교회에 대해, 자신들의 미래에 관해 대화를 나누었다. 지훈은 점점 목사가 되겠다는 마음을 굳혀가면서 끝내 학원에 사직서를 냈다. 신학교를 가기 위해 그는 입시 준비에 들어갔고, 기철은 그런 지훈을 보면서 여전히 현실에 발이 묶여있는 자신이 싫었다. 이런 기철에게 원장은 위로한답시고 접근해왔다.

"김기철 선생님, 선생님도 신학교에 가고 싶으세요?"

"네, 사실은 저도 신학교에 다시 들어가고 싶습니다."

"목사가 되면 좋을 것 같으세요?"

"저는 목사가 되겠다고 마음먹은 28살까지 꿈이 없었습니다. 난생처음으로 무엇이 되고 싶다는 강렬한 열망에 사로잡혔죠. 지금은 물거품이 되어버렸지만 그래도 목사가 되고 싶네요."

"저는 아버지가 목회하시다가 지금은 은퇴하셨어요. 이제는 제가 생계를 책임지고 있죠. 목회는 하나님의 부르심 없이는 할 수가 없습니다."

원장의 말을 들은 기철은 속에서 억한 심정이 치밀어 올랐다. 그럼 나는 하나님의 부르심을 받지 못했다는 것인가? 대체 누가 소명을 받았는지 받지 못했는지 당사자가 아닌 다른 사람이 어떻게 판단할 수 있단 말인가?

"네, 저도 그렇다고 생각합니다. 다만 신학교에서 제적된 사실이 소명을 받지 못했다는 증거는 될 수 없다고 생각합니다."

"선생님도 아시다시피 로마에 가면 로마의 법을 따르라고 했잖아요. 기존의 교리와 다른 자기주장을 굽히지 않는데 어느 교수가 좋아하겠어요?"

"그 기존의 교리가 잘못됐다면 자기주장을 굽히지 않는 게 옳지 않나요?"

"그렇게 자기주장을 굽히기 싫다면 신학교에 갈 이유도 없었죠."

기철은 말이 막혔다. 원장은 맞는 말을 하고 있었다. 자기주장이 옳고 신학교에서 잘못 가르치고 있다면 애초에 거기에 들어갈 이유도 없었다. 그들은 그들의 기준으로 자신을 이단으로 정죄했고, 이는 그들의 정당한 권리였다. 손해 본 것은 없다. 뿌린 대로 거두었다. 기철은 끝까지 자신의 신념을 지켰을 뿐이고, 그들은 그들의 일을 했을 뿐이다. 기철에게 목사가 되겠다는 꿈은 이제 공허한 어린 날의 착각이 되어버렸다. 그렇다면 죽을 때까지 이렇게 살 수밖에 없는 것인지 기철은 고민이 깊어져 갔다.

다음 해에 지훈은 들어가기 가장 어렵다는 신학교에 합격했다.

기철은 자기 경험을 빌려 처음부터 학점을 많이 신청하지 말고 최소학점만 들으며 실력을 키우라고 조언했다. 하지만 지훈은 아랑곳없이 신청 가능한 학점을 꽉꽉 채우면서 겉멋이 들어갔다. 기철은 그런 지훈을 보며 안타까웠지만, 자신도 별반 다르지 않았기에 더 이상 닦달하지 않았다. 한동안 뜸했던 지훈에게 기철은 전화로 근황을 물었다.

"재미있어?"

"뭐 그럭저럭. 신학교도 학생들 수업에 뺑뺑이 돌리면서 붕어빵 만드는 공장 같아."

"맞아, 신학교도 그래. 어디나 마찬가지지."

"근데 왜 이렇게 암기가 안 되지? 자꾸만 잊어버려. 나이가 들어서 그런가? 선생님은 어때?

"죽지 못해 살고 있지 뭐."

"빨리 신학교 들어와. 선생님은 목사가 되어야 해."

"그래 나도 목사가 되고 싶지만 그럴 수가 없어."

"아직도 자기 신념을 포기하지 않았군."

"그래 난 아직도 내 생각이 맞다 생각해."

"그렇게 늙어 죽을 거야?"

"나도 이러고 싶지 않아. 다만 길이 안 보여서 그래."

그랬다. 기철에게는 길이 보이지 않았다. 기철은 찾고, 찾고, 또 찾았지만 길은 보이지 않았다. 그러니 학원을 떠날 수 없었고, 괴로워도 어쩔 수 없이 아이들과 씨름하는 수밖에 없었다.

하지만 기철이 이렇게 괴로워하면서 일에 몰두하지 못하자 문제가 터지기 시작했다. 학생 수가 점점 줄어들고 학부모들의 불만 사항이 자꾸 들어왔다. 학부모들의 가장 큰 불만은 아이들을 잡지 못한다는 것이었다. 아이들을 휘어잡아 수업에 집중하게 만들어야 하는데 마음이 여린 기철에게는 여간 힘든 일이 아니었다. 결국 원장은 기철을 따로 불러 훈계를 시작했다.

"선생님, 자꾸 그렇게 아이들을 잡지 못하고 끌려 다니시면 안 돼요. 선생님이 생각하는 바는 알겠지만, 현실은 그렇지 않아요. 우리는 학부모들의 요구에 충실해야 해요."

"원장님, 이렇게 똑같은 패턴의 수업을 반복적으로 하면서 글쓰기 훈련을 시키면 아이들의 생각이 커지는 게 아니라 죽어버립니다."

"그렇게 하지 않으면 학원 운영이 안 되는 거 선생님도 아시잖아요. 게다가 학부모들은 아이들이 반복훈련을 통해야만 좋은 결과를 낼 수 있다고 믿고 있어요."

"결국 학부모들의 어긋난 기대심리를 이용해 돈벌이하겠다는 말이군요."

"선생님은 항상 이런 식이에요. 긍정적으로 생각하세요! 긍정적으로! 한 번 더 이런 식으로 발언하면 저도 중대한 결정을 내릴 수밖에 없어요."

기철은 학원 홈페이지에 있는 각종 서식을 클릭했다. 사직서가 눈에 들어왔다. 다시 한 번 클릭하자 사직서가 프린터에서 출력돼 나왔다. 사직 사유는 아예 개인 사정으로 인쇄돼 있었다. 서명하자니 자신이 지금 잘하고 있는 일인지 의심이 갔다. 그래도 한동안

한솥밥을 먹었는데 사직서까지 낼 필요가 있을까? 하지만 그의 인내심은 한계에 다다랐다. 이렇게 원치 않는 삶을 더 이상 유지할 수 없다는 판단이 서자 기철은 결국 서명을 하고 말았다. 지긋지긋한 학원 강사 노릇도 이제 마지막이라는 생각이 들자 그는 그나마 좀 마음이 편안해졌다.

사직서를 받아든 원장은 별말이 없었다. 하지만 원장이 던진 마지막 한마디는 기철의 가슴에 꽂혔다.

"선생님의 결정은 존중해요. 선생님의 생각이 바뀌지 않는 이상 함께 가기 어렵다는 건 잘 알고 있어요. 하지만 선생님, 사회는 어디 가나 마찬가지예요. 이게 현실이에요."

"네, 원장님. 잘 알고 있습니다. 다만 전 그 현실이 너무 버겁네요. 어쨌든 후임자가 오기까지 마무리는 잘하도록 하겠습니다."

그렇게 한 달간 마무리 수업과 인수인계가 이루어지고 그는 학원을 떠났다. 다시 무직 상태가 된 그에게 가장 먼저 떠오른 사람은 지훈이었다.

오랜만에 자리를 같이한 기철과 지훈은 그동안 벌어진 일들을 한참 나누었다. 신학교를 졸업하고 사역지로 나간 이야기, 담임목사가 여간 깐깐하지 않다는 이야기, 신학 공부를 더 하고 싶다는 이야기까지 지훈은 힘들어 보였지만 행복했다. 기철은 지훈에게 은근히 질투심이 발동했다. 지훈이 신학교를 졸업하고, 목사안수를 받고, 부목사로 사역하게 되기까지 자신은 제자리를 맴돌고 있었다는 생각이 들었다. 게다가 이제는 실업자까지 되어버린 자신의 처지를 떠올리니 자괴감이 몰려왔다.

"이젠 더 이상 미루지 마. 신학교에 들어가."

"아니야. 나는 아직 버틸 만해."

"그렇게 고집부리지 말고 하고 싶은 걸 해. 왜 억지로 참아가면서 불행하게 사는 거야?"

"불행하고 행복하고가 아니라 진리냐 아니냐가 중요한 거 아냐?"

"왜 자기한테만 진리가 있는 것처럼 말하지? 인제 그만 내려놔. 그게 선생님이 살길이야."

"나는 이 길이 맞다 생각해. 진리를 알지니 진리가 너희를 자유케 하리라고 했어."

"자기가 지금 자유롭다고 생각해? 감옥에 갇힌 거나 마찬가지야!"

"그래 감옥에 갇혀 있는 느낌이야. 하지만 조금 힘들다고 세상과 타협할 수는 없어."

이후 기철은 다시는 지훈을 만날 수 없었다. 아무리 옳은 주장을 옳게 했어도 친구를 잃은 슬픔은 오래갔다. 이렇게까지 자신의 소신을 지켜야 하는지도 의문이 생겼다. 사실 기철에게 지훈은 친구 이상의 의미였다. 사회생활을 하면서 사귄 유일한 친구였을 뿐만 아니라 신학적 대화를 나눌 수 있는 유일한 상대였기 때문이다. 이제 기철은 혼자가 되었다. 문제가 하나하나씩 풀려가는 게 아니라 하나하나씩 늘어갔다. 하지만 그럴수록 기철은 자신이 믿는 진리를 포기할 수 없다고 여겼다. 자꾸만 자기 안으로 숨어들고 있다는 느낌도 들었다. 무엇보다 혼자라는 외로움에 치를 떨었다.

얼마 후 기철에게 소개가 들어왔다. 상대는 목사고시를 치른 전도사였고, 나이는 기철보다 한 살 아래였다. 대학로에서 만난 둘은 식사를 하면서 자신과 집안에 대해 이런저런 정보들을 털어놓았다. 그 전도사는 키는 좀 작았지만 고달픈 인생 중에 신학을 하기로 결정했고 박사학위까지 끝내겠다는 열의가 강렬했다.

"대단하시군요. 박사까지 공부하시려면 시간도 시간이지만 학비도 많이 들 텐데요."

"네, 그래서 사역하면서 학업을 계속하려고 해요. 대형교회에 자리가 나면 더 좋겠고요. 하지만 여자목사는 갈 데가 별로 없어요. 그런데 선생님은 왜 학원을 그만두셨어요?"

그는 기철이 학원을 그만두고 쉬고 있다는 말을 떠올렸다. 지금 같은 불경기에 직장을 그만두다니 언뜻 이해가 가지 않는다는 투였다.

"저는 원래 목사가 되고 싶었어요. 신학교에서 제적당하는 바람에 길이 막혔지만 아직은 아쉬움이 많이 남는군요. 그러다 보니까 무슨 일을 해도 몰두하지 못하겠더라고요. 먹고 살려니까 어쩔 수 없이 학원에 들어갔지만 제 본업은 아닌 것 같아요."

기철은 아니나 다를까 또 신학교에서 제적된 이야기를 꺼냈고, 목사가 되지 못해 낙담한 자기 심정을 쏟아놓았다. 하지만 전도사는 여느 사람과 달랐다. 기철의 문제를 정확히 알고 있었다.

"선생님은 아직 하나님을 만나지 못하셨군요. 기도가 답입니다. 하나님께 응답받으세요. 그전까지 선생님을 만나는 건 무리라는 생각이 듭니다. 마음이 결정되시면 그때 다시 연락해주세요."

기철은 망치로 머리를 한 대 맞은 느낌이었다. 그래 결국 내 문제였구나. 내가 목사가 될지 말지 하나님께 확실한 응답을 받지 못한 거였구나. 그러면서 마치 다른 이유로 목사가 될 수 없는 것처럼 끌탕만 해대고 있었구나. 하지만 더욱 부끄러운 건 다시 일어설 용기가 없는 자신이었다.

기철은 절두산을 찾았다. 절두산은 전래 초기 천주교인들이 신앙을 지키기 위해 목이 잘려 죽어갔던 순교 현장이었다. 신학교에서 제적당한 자신이 마치 순교라도 당한 것처럼 그는 그곳에서 미칠 듯이 답답하고 우울한 현실의 답을 찾고 싶었다. 그는 양화진 위로 솟아있는 절두산에 올라 한강을 바라다보았다. 해는 강물을 붉게 물들이고 있고, 물새들이 수면 위를 날고 있었다. 순간 기철은 모두 내려놓고 싶은 심정이 들었다. 이렇게 살 바에야 차라리 죽는 게 낫지 않을까? 여기서 포기하는 게 낫지 않을까? 그는 여태껏 버텨왔던 지난날들이 모두 헛수고였다는 생각과 함께 자신을 옥죄고 있는 신앙이란 굴레를 벗어던지고 싶었다. 하지만 기철은 절두산 성당을 찾아들어가 기도를 드렸다. 그러자 그동안 참아왔던 울음이 터져 나왔다. 세상에서 버림받은 한 사람의 절규가 성당 안을 울렸다. 그는 아무도 자신을 위로할 수 없다고 여겼다. 아무도 자기를 이해하지 못한다고 느꼈다. 아무라도 자신에게 나아갈 길을 알려주길 바랐다. 이내 울음이 그치자 그는 밖으로 나왔다. 그때 같이 따라 나온 수녀 하나가 기철을 불러 세웠다. 수녀는 그를 보면서 밝게 웃고 있었다.

"이름이 어떻게 되세요?"

수녀의 목소리는 전혀 낯선 사람을 대하는 것 같지 않았다.

"김..기..철이라고 합니다."

기철은 당황하면서도 자신의 이름을 조심스럽게 밝혔다.

"기도해주려고요. 기철 씨에게 하느님이 늘 함께 하신다는 걸 잊지 마세요."

수녀는 이 말만 남기고 절두산 아래로 내려갔다. 기철은 자신에게 무슨 일이 벌어진 것인지 어리둥절했다. 하지만 하나님이 늘 함께 하신다고 한 수녀의 말에 그는 무엇인가 각성이 되었다. 기철은 지금까지 신학교 졸업장을 받아야 목사가 될 수 있다고 생각했다. 그러나 그것은 사람에게 인정을 받는 길이었다. 이제야 비로소 그는 사람인 아닌 하나님에게 인정을 받아야 한다는 걸 깨달았다. 그에게 필요한 건 신학교 졸업장이 아니라 오직 하나님 그 자체였다. 절두산에서 내려오면서 기철은 전도사에게 전화했다. 그는 약간 떨리는 목소리였다.

"전도사님, 저 김기철입니다."

"아 선생님, 전화하신 걸 보니까 결정을 내리셨나 봐요."

"네, 신학교는 가지 않기로 했습니다."

"결국 그렇게 결정하셨군요."

"네, 저는 제 갈 길을 가겠습니다."

"그럼 이제 절 만나실 일은 없겠네요?"

"네, 그렇겠죠."

"부디 꽃길 걸으시길 바라요."

"그럴 수 있다면요. 전도사님도 잘 있으세요."

전화를 끊은 기철은 하늘을 올려다보았다. 어스름이 끼면서 별이 하나둘 빛나고 있었다. 어느새 기철의 입에서는 찬송이 흘러나왔다.

　내 주를 가까이 하게 함은
　십자가 짐 같은 고생이나
　내 일생 소원은 늘 찬송하면서
　주께 더 나가기 원합니다

・성균관대학교 정치외교학과 졸업
・동그라미교육기관 논술강사

마음챙김

황 연 희

가끔 내 안에는 하나의 내 자아가 아니라 여럿의 내 자아가 살고 있다는 느낌이 들 때가 있다. 때로는 마음속의 방도 여러 개가 있지 않을까 하는 생각도 해 본다. 그러다 보니 가끔은 내 마음속에서 나 스스로 길을 잃고 헤매기도 한다. 또 때로는 너무도 낯선 나를 만나기도 하고, 또 아주 가끔 '저게 정말 나라고?' 하는 생각이 들 정도로 나 같지 않은 나를 만나기도 한다. 놀랍게도 내 성향 어디에도 존재할 것 같지 않은 돌발 행동을 할 때가 있는가 하면, 순간 너무 뻔뻔하고 당돌한 행동을 하기도 한다. 그리곤 돌아서서 부끄러움에 얼굴이 붉어지기도 한다. 나의 DNA속에는 전혀 있을 것 같지 않은 우스갯말이 나올라치면 말하고도 내가 흠칫 놀란다. 이쯤 되면 본능적 욕구의 이드와 현실의 자아, 사회적 가치의 초자아를 다룬 프로이드의 성격구조 관점을 들여다봐야 할까 고민할 정도다. 어느 책에서 본 것처럼 내 마음 설명서가 필요한 것일까? 아니면 내 마음의 지도가 필요할지도 모르겠다는 생각까지 든다.

'마음'이란 것은 항상 한결같지 않고 눈을 뜨고 하루를 맞이하는 순간부터 나와 함께 여행을 떠난다. 한마디로 말해 어디로 떠돌지 모르는 것이 마음이다. 나는 7년 전부터 매일 아침 일찍 눈을 뜨자마자 옷부터 주섬주섬 갈아입고 집을 나선다. 이어폰을 꽂고 지금 공부하고 있는 주제와 관련된 선행논문들을 들으며 동네 호수 주변을 1시간 정도 걷는 것이 일상화되었다.

처음 운동을 나선 시간은 채 어둠이 가시지 않은 시간이라 하늘 빛이 어둡다. 어디 그뿐이랴. 아직 별빛도 보이고 달도 휘영청 하늘에 걸려있다. 그 풍경을 보자마자 핸드폰의 카메라를 켜고 매일 아침 만나는 하늘도 마치 처음 만난 듯 열심히 구도는 잡고 찍는다. 분명 어제도 이 시간에 나와서 풍경을 찍었는데 내 눈에 어제와 또 다른 모습으로 다가온다. 가족들은 매일 똑같은 모습을 뭐 그리 찍어 대느냐며 면박을 주지만 내 눈엔 모든 것이 새로워 보인다. 20분쯤 걷노라면 하늘에 붉은 기운이 맴돌기 시작한다. 그리곤 주변이 파란 시간으로 변한다. 파란 시간은 하루에 두 번 만난다.

새벽녘 어둠이 가시고 밝음이 찾아오는 찰나의 순간과 저녁에서 밤으로 가는 시간 밝음이 사라지고 어둠이 찾아오는 순간 이렇게 두 번이다. 참으로 신비스럽게도 그 파란 시간은 마치 내가 잠시 다른 우주 공간으로 공간 이동을 한 듯 신비롭기까지 하다.

5분간의 파란 시간이 지나면 전율이 느껴질 만큼 붉은빛이 마치 종잇장을 찢고 그 틈새로 올라 오듯이 자신의 존재감을 강렬하게 드러낸다. 그 순간 나는 잠시 멈추고 넋을 놓고 바라본다. '아! 드디어 오늘 하루가 시작되는구나.' 그렇게 마음을 향유할 새도 없이 순식간에 하늘은 마치 불타오르듯 붉은 빛을 강렬하게 뿜어낸다. 일순간 온 우주가 붉은 기운에 휩싸이며 웅장한 오페라 한편이 오케스트라와 함께 클라이막스를 맞이하듯 울림을 준다. 바로 지금 이 순간 만큼은 너무도 황홀하다. 붉은 울음의 태양이 호수 그림자로 비출 때까지 쉴 새 없이 셔터를 눌러댄다. 그러노라면 어느 새 한시간이 훌쩍 지난다.

늘 같은 시간에 나와서 하늘도 찍고, 나무도 찍고, 꽃도 찍는 내 모습을 다른 분들은 호기심 어린 눈으로 나를 관찰하신다. 그리고 어떤 분은 "날마다 똑같은데 뭐 찍을 것이 있나요?"하고 말을 건네기도 하고, 또 어떤 분들은 "사진 작가세요?"하고 묻기도 하며, 또 어떤 분은 "블로그에 올리시나요?"하고 물으시기도 한다. 그런데 더 재미난 것은 내가 찰라의 순간을 찍고 있노라면 무심코 지나치시다가 내 핸드폰 화각에 잡힌 장면을 보시고는 바로 옆에 서셔서 "오! 예쁘네요." 하시면서 핸드폰을 꺼내 옆에서 함께 찍으시기도 하신다. 그러고 보면 나는 매일 기억장면을 찾는 느낌이 든다.

나는 3년전 뒤늦은 학업을 다시 시작하며 '마음챙김'이라는 손님이 나를 불쑥 찾아왔다. 처음엔 '마음챙김?' 하며 낯설게 느껴졌다. 나에는 한 가지 좋은 습관이자 나쁜 습관이 하나 있다. 무엇인가 한 가지 에 몰입하면 오롯이 그것에 집중한다. 내가 그것이 무엇인지 이해 하고 내 것으로 만들 때까지. 그러다 보면 다른 것들을 해야 함에도 불구하고 몰입하는 그 것에 사로잡혀 다른 것은 마지막 대드라인에 가서야 마지못해 처리한다. 약속은 지키라고 있는 것이니까.

마음챙김을 만나며 나에게 참 많은 변화가 찾아왔다. 마음챙김은 어떤 상황에 처했을 때 평소 개인의 고정된 시각을 갖고 반응하는 것이 아니라, 현재 있는 사실 그대로를 수용하고 반응하는 과정이라 했다. 즉 현재 일어나는 상황을 주관적 경험에 의해 판단하지 않고, 있는 사실 그대로에 주의를 기울여 인식하며 수용하는 것이다. 하지만 나의 경우만 봐도 그게 생각만큼 쉽지는 않은 것 같다.

운동을 마치고 집에 들어와 만나는 가족들을 대하는 순간 내 마음이 평안하고 기분이 좋으면 가장 사랑이 넘치는 엄마가 되고 아내가 된다. 하지만 그것도 잠시뿐, 아이가 출근해야 할 시간이 지났는데도 느릿느릿 행동을 하는 모습을 본 순간 가슴 속에서 무엇인가 치밀어 오르기 시작한다. 그리곤 두 세번 재촉했음에도 불구하고 여전히 딸이 서두르는 기미가 보이지 않으면 나도 모르게 소리를 지른다. "야, 너 지금 몇 시야? 왜 매일 그 모양이니? 그런 태도로 어디 사회생활 제대로 하겠어?" 그 순간 아이도 질세라 받아친다. "내 일은 내가 알아서 해. 엄마는 참견마." 아침부터 티격태격 화난 마음이 한동안 가라앉지 않는다. 아이가 출근하는 모습을 보고 난후 혼자 피식 웃는다. 분명 1시간 전까지만 해도 기분 좋게 일어났는데...

내가 딸에게 왜 화를 냈을까? 잠시 생각에 잠긴다. 회사에 늦을까봐? 윗사람에게 불성실하다고 낙인 찍힐까봐? 그것도 아니면 아이의 습관을 바로잡아 주기 위해서? 잠시 생각을 멈춰보면 난 아이를 대하는 순간 오늘 아침의 내 아이를 본 것이 아니라 예전 늦장 부리다 지각한 내 아이를 본 것이다. 알고 보면 지각도 본인이 감당해야 할 몫인데 난 이 아이가 사회생활에서 불성실한 사람으로 보일까봐 미래를 걱정한 것이다. 사실 딸이 다니는 직장은 출근시간 대비 퇴근 시간이 달라진다. 그렇게 따진다면 조금 늦게 퇴근하면 되는데 난 왜 그렇게 안달복달 했을까? 그 배경에는 나의 젊은 시절과 비교했다는 것을 깨닫는다. 결혼 전에 대형 출판사 편집 부서에 근무를 했었는데 그때 당시는 출근은 무조건 9시였고 적어도 8시30분까지 가서 업무시작 준비를 했던 나의 모습과 나도 모르게 비교를 한 것이다. 에효, 라떼는...

나는 20년 넘게 강사로 활동 하고 있어 일상이 강의 관련 수업 준비를 하거나, 혹은 같은 분야 강사들과 새로운 프로그램을 기획하기도 하고, 향후 나갈 방향에 대해 회의를 하기도 한다. 하지만 매일매일 내가 어디를 가느냐, 누구를 만나느냐에 따라 내 마음 여행이 즐겁기도 하고 반대로 아주 힘들기도 하다. 상대방을 만나 어떤 상황이 벌어지느냐에 따라 마음의 잣대는 달라진다. 마치 고무줄 잣대처럼 어떤 때는 쭉 늘어나 상대방을 배려하려 하지만 또 어떤 때는 한 치의 오차도 없이 엄격한 잣대를 들이댄다. 왜 저렇 게 교양 없이 말을 하지? 어른에게 너무 예의가 없어. 자기밖에 모르는군. 너무 이기적이야. 너무 계산적이군. 나도 모르게 중얼거 린다. 그런데 내 마음을 자세히 들여다보면 기준이 들쭉날쭉한 것을 알게 된다. 나와 비슷한 가치관을 갖고 비슷한 행동을 하며 나 와 잘 소통하는 사람이 어떤 행동을 했을 때는 애교로 보이고 장난으로 보이며 잠시 실수라 생각한다. 하지만 평소 고깝지 않은 눈으로 바라본 사람이 똑같은 행동을 했을 때는 나도 모르게 유독히 눈에 거슬리는 사람이 있다. 그 사람의 일거수 일투족이 긍정적으로 보이질 않았다. 그런데 그 판단이 과연 옳은가? 모든 사람이 다 나와 같은 시각으로 보고 판단하느냐? 그렇지는 않다. 그건 나의 마음의 안경이고 나만의 프리즘으로 봤기 때문이다. 그 안경은 굴곡이 있을 수 있고, 초점이 안맞아 제대로 보이지 않을 확률이 높을 수도 있다. 그런데도 나는 내가 객관적으로 판단했다 생각하고 내가 정확하게 평가했다고 여긴다. 왜냐면 그렇게 해야만 내 마음이 편해질 수 있기 때문이다. 결국 나는 있는 그대로를 못보고 또다시 그 사람의 과거를 소환하고 만 것이다.

어디 그뿐이랴? 사람들이 나를 어떻게 바라보고 어떻게 평가하느냐에 따라 내 마음이 울그락불그락 한다. 소문은 대부분 누가 뭐라 카더라일 뿐이고 소문은 수다쟁이처럼 잠시 떠들썩 거리다 가누가 언제 그랬냐는 듯 순식간에 사라진다. 그러나 소문이 귀에 들리는 순간, 긍정적인 이야기 보다는 부정적인 것이 훨씬 많은데 사실 부정적 소문이 돌 때 내 마음은 한 없이 나락으로 떨어진다. 그리고 며칠 동안 내 마음 속에서는 커다란 동굴이 하나 생긴다. 그어디에도 빛 하나 들지 않는 칠흑 같은 어둠만이 존재하는 그런 동굴이 순식간에 만들어진다. 온몸에 한기가 스미고 어디에도 출구가 보이지 않는 절망의 동굴이었다. 심지어는 숨조차 쉬기도 버거워 지기도 한다. 숨쉬기가 힘들어지면 의욕이 상실되고 무엇을 해도 생각이 떨쳐지지 않는다. 음악을 틀어도, 책을 읽어도, 운동을 해도 기분은 전환되지 않는다. 만사가 귀찮으니 몸에 병이 나고 이내 앓아눕고 만다. 결국 마음의 병이 몸의 병으로 옮겨 몸도 마음도 다 엉망진창이 된다. 바로 이순간 마음챙김을 통해 자기조절이 필요하다. 현재 내 자신이 진정으로 지각하고 있는 감정과 바라는 바 의도를 유지하고 관리하며 더불어 문제해결을 위한 활동을 어떻게 해야 하는지 먼저 고민해야 한다. 외부로부터 통제 받거나 강요가 아닌 스스로의 선택에 의해 행동하는 자율적 행동조절이 필요한 것이다. 주의집중을 통해 자기조절이 가능해지면 많은 변화로 이어진다. 스스로 현재 상황을 재 해석해 지금 내게 진정 가치 있는 것이 무엇인지 인식한다.

어린 시절부터 내향적 성격 탓으로 속마음을 잘 드러내지 않는 편이다. 고민이 생기면 혼자 속으로 끙끙 앓다가 곪아 터지면 만신 창이가 된 마음을 간신히 추스르고 일어났던 것이다. 직면하기 너무 힘드니 회피하고 부정하며 회복되는 시간도 더디었다. 수많은 세월을 살아오면서 스스로 인식하지 못한 사이 평소 습관과 사고에 의해 자동적으로 판단하고 결론을 지어 버린다. 하지만 마음챙김 을 만나고 난 후 어렵고 난처한 일과 맞닥트리면 마치 친구의 이야기들 들여다보듯 한 발 뒤로 물러서서 살펴본다. 그 안에 함몰되지 않고 객관화시켜 바라보게 되고 적절한 거리를 유지한다. 관찰자 시점으로 바라보니 나름 여유도 생기고 해결할 출구도 보인다. 마음챙김적 사고와 행동을 통해 긍정적 심리도 경험하게 되면서 더 이상 외부 자극에 흔들리지 않으려 마음의 중심을 잡는다. 그리고 비로소 과거의 경험과 고통으로부터 스스로 자유로워지는 것이다.

새 깃털보다 더 가벼운 무게를 가진 '마음'의 정체는 무엇일까? 아주 가벼운 미풍만 불어도 이리저리 두둥실 떠오르고 이리저리 흔들린다. 마음은 분명 내 것인데 내 마음대로 되지는 않을 때가 많다. 가끔은 마음이 에코의 메아리처럼 소란스러울 때도 있다.

마음 속 에코가 같은 말을 되풀이하고 이내 귀울림에서 마음 울림으로 그리고 나의 온세상을 뒤덮어 버린다. 특히 할 일이 많고,

하고 싶은 것이 많은데 시간이 부족하면 조급증이 생기면서 더욱 그렇다. 사실 조급증은 상황을 원만히 해결하는 것이 아니라 오히려 더 악화시킬 뿐이라는 것을 잘 알면서도 내 마음이 내 마음대로 되지 않는다. 강의 준비도 해야하고, 밀린 과제도 해야 하고, 집안일에 시험 기간까지 겹치면 인내가 한계에 달하며 짜증이 나고 슬슬 화가 올라오기 시작한다. 그리고 가족들에게

"꼭 챙겨줘야 밥을 먹냐?"

"난 돈도 벌고 집안일도 해야 하고, 공부도 해야 하니..."화를 내며 한바탕 소란스럽게 퍼댄다. 그럴라치면 가족들도 받아친다.

"누가 하라고 했어? 당신이 좋아서 택한 것이지."

하지만 잠시 심호흡을 통해 마음을 가다듬고 현실을 있는 그대로 보면 이 모든 상황을 내 스스로 만든 것을 깨닫는다. 남편 말이 맞기는 하다.

내가 좋아 강의도 하고, 내가 좋아 공부도 한다. 그렇지만 삶의 무게가 지나치게 무거워지면 누구든 탓하고 싶어진다. 주변의 다른 대상들과 비교하지 말아야 하는데 가족들의 전폭적 지지를 받고 학업을 하는 분들과 나도 모르게 비교하고 나는 그렇지 못함에 화가 난 것일까? 아니면 모든 것이 내가 계획했던 대로 되지 않아 짜증난 것일까?

나에게는 특이한 습관이 하나 있다. 진짜 화가 많이 나면 나도 모르게 입을 꾹 다물어 버린다. 그리고 내 심장이 마치 얼음보다 더 차가울 만큼 냉정해진다. 이틀이고 일주일이고 내 마음이 풀릴 때까지 입을 열지 않는다. 심한 경우 한 달을 넘긴 적도 있었다.

이를 돌이켜보면 나 자신의 사고와 감정을 현실에 반영하고 스

스로 자각하며 감정으로부터 거리를 두는 일종의 나만의 대처 능력이었던 것이다.

 가끔은 내 자신의 내면에서 냄새나는 것들이 내 눈과 코 그리고 귀를 막아버리기도 한다. 밖으로 드러내고 싶지 않은 수치심을 마음 속 깊이 꼭꼭 숨겨둔다. 행여나 누구에게 들킬세라, 혹여 누가 들여다볼까 싶어 깊이깊이 숨긴다. 하지만 숨기면 숨길수록 어느 순간 내 전체를 가려버리고 마음 깊은 방에는 오롯이 온갖 수치로 가득 차버린다. 오래된 것은 부패해서 냄새가 풀풀난다. 마음챙김을 만나고 수치스러워 회피하고 싶었던 일 조차도 꺼내서 객관적으로 바라본다. 그게 그때 정말 그렇게 수치스런 일이었을까? 누구나 그 정도의 부끄러운 기억은 있지 않을까? 그런데 나는 왜 그것을 수치라고 생각하지? 지금의 관점에서 보면 아무것도 아닌 일을 그때는 왜 그렇게 온 세상 수치처럼 느껴졌는지 모르겠다. 어릴 적 다녔던 초등학교 건물과 운동장이 그때는 그렇게 크고 넓게 느껴졌었는데 어른이 되어 다시 가보니 이렇게 작았나 싶은 마음과 같으리라.

 때로는 큰 상실감으로 마음속이 미로 같이 느껴질 때가 있었다. 얼마 전 고등학교 시절 친하게 지낸 친구의 비보를 듣고 가슴이 두근거리고 진정되지 않았다. 평소 sns를 통해 좋은 일에 축하의 글을 남기고, 힘든 일엔 응원의 글 남기며 소통하고 있던 동문회 회장을 지낸 동기에게 20년 만에 핸드폰 문자 메시지를 남겼다.

 'ㅇㅇ아 시간될 때 전화 좀 줘.' 그런데 1시간이 지나도 메시지를 읽지 않는다. 많이 바쁜가 보군 생각하고는 오전이 지나갔다. 더 이상 기다릴 수 없어 전화를 걸었다. 그런데 받지 않았다. 그리곤 5분여 쯤 지난 뒤 또 다른 친구에게 전화가 왔다. 오늘 저녁 문상 같이 가자고. 그러자 하고 이야기를 나누는데 "너 그거 알아?"

"뭐?" "동문회장 OO이가 두 달 전에 갑자기 사망했대. 나도 오늘 그 이야기 듣고 깜짝 놀랐어." 순간 눈앞이 캄캄했다. 전화를 끊고 채 1분도 지나지 않아 슬픔의 비가 홍수처럼 쏟아진다. 마음 속에 순식간 만들어진 우울의 강이 있어 한없이 넓어지고, 나는 점점 우울의 강물 속으로 빠져든다. 처음에는 무릎까지 차올라 버틸 만하다. 하지만 순식간에 슬픔의 강은 허리까지 그리고 가슴까지 차오르며 허우적 허우적...

삶의 의미에 대한 깊은 고민의 나락 속으로 한없이 빠져든다. 그리고 다른 세상으로 떠난 두 친구를 위해 애도한다. 꽤나 긴 시간 미안함과 슬픔이 공존하며 나의 삶을 돌아보는 시간이었다.

아등바등 사는 것이 다 부질없어 보였다. 어떤 음식을 먹어도 맛있다는 생각이 들지 않았다. 밤에 누워도 잠이 나오지 않는다. 낮에 여유가 좀 생기면 낮잠이라도 자 볼라치면 정신은 오히려 더 맑아지기만 했다. 그렇게 한 달 가까이 시간이 흐른 뒤, 서서히 미로의 강물 속을 한발 한발 조심스럽게 빠져나오기 시작한 것이다. 돌이켜보면 내 자신의 생각을 깊게 통찰하고 삶의 의미를 재해석하는 그런 길고 긴 시간 들이였던 같다. 나이가 들어가면서 인생의 희노애락을 하나씩 하나씩 깊이 있게 성찰하는 시간이 주변 환경에 의해 저절로 만들어진 것이다.

가끔 내 마음이 내 것 같지 않을 때도 있다.

내 안에 또 다른 마음 조종사가 있는 것 같다. 그 조종사는 내가 원하는 대로 통제할 수 없다. 눈치도 안보는 조종사 말이다. 한없이 늘어지며 게으름을 피우다가, 갑자기 조급증이 들어 동동거리기도 하고, 불안이 엄습 해오기도 하며, 금방이라도 화산이 폭발할 것처럼 화가 나기도 한다. 감정이란 어디서 오는 것일까? 모든 감정은 지금까지 살아온 경험들의 축적이자 결과물로 살아남기 위한 생존의 본능이기도 하다. 우리는 늘 과거를 소환하고 일어나지도 않을 미래 일들을 걱정한다. 그러다 보니 현재를 인지하지 못하다 보니 현재 함께하는 소중한 것을 놓친다. 마음의 평온이 무너지는 것도 찰나에 불과하다. 사실 있는 그대로 보고, 수용하는 것이 이리도 힘이 드는 것일까?

세상에서 가장 어렵고 힘든 일 중 하나가 자신을 관대하게 대하는 것이 아닐까 생각한다. 나는 이상하게도 가족이나 타인에게는 너그러운 마음으로 이해하려 노력한다. 하지만 나 자신에게는 나도 모르게 한없이 점검하고 또 점검하며 엄격한 잣대를 들이댄다. 얼마 전 함께 팀을 이루고 있는 분들과 프로젝트 하나를 기획했고 이룰 위해 미팅도 여러 번 하고, 줌으로도 많은 시간을 투자해 도전했다. 하지만 우리가 바라던 결과를 얻지는 못했다. 탈락했다는 소식을 듣는 순간 내가 정성을 더 기울이지 못해서 그런 일이 일어났나 자책하기 시작한다. 사실 그럴 일도 아니고, 그런 것은 더더군다나 아닌데도 말이다. 가만히 그 상황을 들여다보면 자존심도 상하고, 패배를 인정하고 싶지 않은 내 모습을 마주하고 싶지 않아 그 순간 회피하고 싶은 생각에 나 자신을 비난하고 내 탓으로 돌린 것이다. 심리학에 기초한 진화론적 관점에서 자기 자비 (Compassion) 는 타인과의 협력관계를 형성하는 정서의 체계로 따뜻함이나 평온한 마음으로 돌보는 것으로 자기자비는 이를 자신에게 적용하는 것이다. 이는 스스로에게 친절한 마음을 갖는 것이다. 그러나 정신적으로 힘든 일이 발생하면 죄책감을 갖거나 가책을 하기도 하고, 후회의 경험도 여러번 있었다. 이런 순간일수록 자기자비가 절실히 필요한 시기인 것 같다.

잠시 걸음을 멈추고 내가 지금 어디에 있는지 바라본다.
난 지금 어디를 향해 가고 있는지 생각해본다.
난 무엇을 간절히 원하고 있는지도 고민해 본다.
이리저리 날뛰는 원숭이 같은 마음 문을 열고
내 안의 나, 솔직한 나 자신, 진정성 있는 나 자신을 만날 용기가
필요한 시간이 되었나 보다.

프로필

- 진로독서 프로그램 개발 및 자격과정 진행
- 한국열린사이버대학교 상담심리학과 연구교수
- 한국아동마음챙김연구소 이사
- 대한민국인성영화제 교육기획실장
- 구리지역사회교육협의회 이사
- 숭실대학교 박사 (코칭심리 전공)

강만수 고정욱 김부식
관수 고정욱 김부식 강
수 고정욱 김부식 강만
고정욱 김부식 강만수
정욱 김부식 강만수 고
욱 김부식 강만수 고정
김부식 강만수 고정욱
부식 강만수 고정욱 김
식 강만수 고정욱 김부
강만수 고정욱 김부식
관수 고정욱 김부식 강
수 고정욱 김부식 강만
고정욱 김부식 강만수

초대 문인

강만수

고정욱

김부식

時刊企劃

강만수

毛 氏는 「時間이 남아 時間이 없다」는 제목의 新刊을 신문에서
읽었다
「시간이 없다 시간이 없는」 또 다른 신간은 放送을 통해봤다
그는 시간이 없어 평소 만나고 싶었던
「시간이 없다는」 新刊의 著者 高 氏를 만나지 못했고
「시간이 없어 시간이 없는」 신간을 구입한 뒤 읽지 못했다
「정말로 시간이 없다」는 제목의 신간을 過去 出版社가 펴내지
못해도
시간은 지나갔고
시간이 부족해 시간을 낼 수 없다는 신간의 저자를
未來 出版企劃者가 만나지 못해도 시간은 흘러갔다
시간이 없다는 제목의 신간을 讀者들이 購買한 뒤 읽지 못해도
시간은 늘 지나간다
콧노래를 흥얼거리며 現在 出版社가 신간을 제작하는 중에도
쉼 없이 시간은 지나갔고
의자에 앉아 編輯長이 또 다른 신간을 企劃할 생각도 없이
넋을 놓고 앉아있어도 時間은 마구 지나갔다
맡은 일에 나름 열중했어도 시간은 그럭저럭 지나갔으며
일은 하지 않고 빈둥거렸어도 그들 다수의 時間은 빠르게 지나
간다

창가에 턱을 괸 채로 그대를 기다려도 시간은 흘러갔고
그대를 기다리지 않아도 時間은 무심히 흐르고 있다
그러다 무수한 新刊 속에서 길을 잃은 사람처럼
어느 날 그는 동네 서점에서 받아와 벽에 건「시간이 없어 신간이
없다」는
신간 홍보용으로 대량 제작돼 무상배포 된
새책이 그려진 달력을 손에 쥔 채 그 부분을 오려내고 싶었다
요즘도 毛 氏는 「時間이 없어 新刊企劃」을 전혀 할 수 없다는
두툼한 책을 사놓고 읽지 못한다
生은 여전히 시간에 쫓기는 것 같다
아니 新刊 書籍을 펴내겠다는 企劃力과 읽으려는 마음이 부족한 건
아닐까

기하학

어느 날 갑자기 사라진 냉장고가 나를 찾아왔다
어느 날 갑자기 사라진 은갈치가 나를 찾아왔다
어느 날 갑자기 사라진
세네갈이 나를 찾아왔다
어느 날 갑자기 사라진 목욕탕이 나를 찾아왔다
어느 날 갑자기 사라진 들국화가 나를 찾아왔다
어느 날 갑자기 사라진
주작대로가 나를 찾아왔다
어느 날 갑자기 사라진 곰 인형이 나를 찾아왔다
어느 날 갑자기 사라진
는개 다방이 나를 찾아왔다
어느 날 갑자기 사라진 혼잣말이 나를 찾아왔다
어는 날 갑자기 사라진 희망 곡이 나를 찾아왔다
어느 날 갑자기 사라진
34층 빌딩이 나를 찾아왔다
어느 날 갑자기 사라진 기하학이 나를 찾아왔다
냉장고와 은갈치 세네갈과 목욕탕 들국화와 주작대로
곰인형과 는개 다방 혼잣말과 희망 곡 34층 빌딩과 기하학 등이
나를 찾아왔다 그것들은 내가 지겹지도 않은 걸까
나는 알 수 없다 그들 사이에 낀 까닭을 전혀 알 수 없다
그들은 나로부터 유예 된 까닭에 모를 수밖에 없었다.

豫測不許 詩集

1부

「」「」「」「」「」
「」「」「」「」「」
「」「」「」「」「」
「」「」「」「」「」
「」「」「」「」「」
「」「」「」「」「」
35편으로 構成 된 시를 쌓으려 하고 있다

전에 써놓은 시는?

2부

「」「」「」「」「」
「」「」「」「」「」
「」「」「」「」「」
「」「」「」「」「」

「」「」「」「」「」
「」「」「」「」「」

35편으로 짜인 시를 쌓고 있다
현재 쓰고 있는 시는?

3부

「 」「 」「 」「 」「 」「 」
「 」「 」「 」「 」「 」「 」
「 」「 」「 」「 」「 」「 」
「 」「 」「 」「 」「 」「 」
「 」「 」「 」「 」「 」「 」
「 」「 」「 」「 」「 」「 」
35편으로 骨格을 세운 시를 쌓으려고 하지만 언제쯤 實體를
드러내게 될까?

앞으로 쓰게 될 시는?

4부

「 」「 」「 」「 」「 」「 」
「 」「 」「 」「 」「 」「 」
「 」「 」「 」「 」「 」「 」
「 」「 」「 」「 」「 」「 」

「」「」「」「」「」
「」「」「」「」「」
35편으로 이뤄진 詩를 짓고 있지만 이내 다 지을 수 있을까?

절박함이 배어 있는 시는?

5부

「」「」「」「」「」
「」「」「」「」「」
「」「」「」「」「」
「」「」「」「」「」
「」「」「」「」「」

「」「」「」「」「」

子音과 母音으로 이뤄진 벽돌을 맞춰 각 부별로 35편의 시로
完成하게 될 시집이
갈 길은 몰라, 그 누구도 모른다.

詩集은 5부로 構成 되어 있다 5부로 나눈 시인의 意圖는 분명하다.

아니 그렇지 않다.

솔직히 말하면 잘 모르겠다. 시인이 보여줄 世界는 어디에 있는 걸까?

이 詩集을 들여다보고 있는 編輯者는 모르겠다. 디자이너도 모른다고 했다. 讀者도 모른다.

詩人이 가려고 하는 저 먼 먼 길을.

시인은 믿을 수 없는 存在다. 으음! 豫測不許다

意圖하지 않았지만 시인의 無意識 속에서 조만간 그리게 될 또 다른 세계는?

가늠해 볼 수도 없다.

하지만 그가 가려고 하는 言語 彫琢의 길을 부지런히 쫓아가 보자

프로필

- 1992년 월간『현대시』와 1996년 계간『문예중앙』에 작품을 발표하면서 문단에 나왔다.
- 한국시문학상(2013), 바움문학상 작품상(2015). 계간 연인 특별작가상(2019)을 받았다.
- 현재『고려 문화』편집위원 및『휴먼 인 러브 재단』글로벌 콘텐츠 자문위원장과『문장아고라 해외문학회』회장으로 활동하고 있다. 저서로는『가난한 천사』(1993),『시공장공장장』(2010),『나는 보르헤스를 모른다』(2019), 디카 시집『시간 자동인출기』(2019) 외 20여 권이 있다.

말 잘하는 아이

고 정 욱

"애야, 넌 뭘 잘하니?"

널마당에서 장사를 하고 있던 뽑기 장수는 목발 짚고 아이들과 어울리는 나에게 궁금한 듯 물었다. 다닥다닥 붙은 집들 사이의 약간 넓은 길을 우리는 널마당이라고 부르고 그 안에서 온갖 놀이를 하며 놀았다. 그리고 늘상 이곳에 와서 뽑기를 파는 아저씨가 있었다.

"저요? 저 말을 잘해요."

"응. 말주변이 좋구나."

초등학교 3학년이던 내가 당당하게 말을 잘한다고 이야기하다니. 지금 생각해보면 아주 당돌했다. 내가 스스로 말을 잘 한다고 생각하게 된 것은 진짜 그렇게 나 자신을 여겼고 칭찬을 했기 때문이다. 실제로 아이들 앞에서 말할 기회도 무척 많았다. 한 마디로 실전경험이 풍부했던 거다.

초등학교 3학년때 담임 선생님은 아이들마다 무엇이든지 학급 안에서 역할을 주려고 애썼다. 청소를 잘하는 아이. 심부름을 잘하는 아이, 운동을 잘하는 아이 등등. 그런데 나의 용도가 불분명했다.

당시 나는 학교를 어머니가 업고 다녔다. 오전에 학교에 데려다 놓으면 오후에 데리러 온다. 그 사이 나는 교실과 복도를 기어다니는 아이가 된다. 손은 온통 새까맣고, 바지와 양말은 바닥을 광내느라 발라 놓은 왁스나 양초 혹은 들기름 등으로 범벅이다. 그러니 요즘말로 잉여인간인 셈이다.

뭘 해야 나는 학급에 기여를 하는 아이가 될 수 있는 걸까? 나는 별로 고민을 하지 않았지만 선생님은 엄청 했던 것 같다. 책을 좋아하고 시중에 나와 있는 모든 동화책을 다 읽었다는 이야기를 어머니로부터 들은 선생님은 어느 날 문득 나에게 미션을 주었다.

"정욱아, 너 아이들 앞에 나와서 조용히 좀 시켜 봐. 선생님 옆 반 좀 다녀올게."

"제, 제가요?"

"응. 동화책 읽은 걸로 옛날이야기 좀 해줘라."

요즘과 같이 메신저가 발달하지 않았던 당시에 선생님들은 일이 있으면 아이들에게 조용히 하라고 하고는 옆반이나 교무실로 달려 갔다. 대개 그럴 때 잠시도 가만히 있지 않고 떠드는 아이들을 조용하게 제압하는 것은 학급에서의 반장 역할이었다. 이번에는 어쩐 일인지 선생님은 나에게 애들 조용히 시키라는 것이 아닌가. 작은 의자를 하나 갖다 놓고 앞에 앉은 나는 쭈뼛대며 옛날이야기를 시작했다. 수없이 많이 읽고 반복해 읽었던 책들이 내 머릿속에 저장되어 있었기 때문이다.

"얘들아, 옛날이야기를 해 줄게."

나는 일단 가장 재미있게 읽었다고 생각하는 〈톰 소여의 모험〉을 풀어 놓기 시작했다.

"미국의 어느 동네에 고아가 된 톰 소여라는 아이가 있었어. 다행히 톰은 이모가 거둬줘서 더부살이를 하게 되었는데 톰은 만날 사고만 치는 사고뭉치였어."

작품 내용을 거의 머릿속에 암기하다시피 여러 번 읽었기 때문에 각색해서 이야기해 주는 건 어려운 일이 아니었다. 학급의 80명이 넘는 아이들(베이비붐 세대여서 대부분 다 서울로, 서울로 상경하고 있던 시절이었다.)은 갑자기 집중을 시작했다. 일제히 내 이야기에 귀를 기울이는 것은 멋진 장면이었다.

'어, 이거 봐라.'

나는 떨리는 가슴으로 톰 소여가 어떻게 말썽을 부렸는지, 그리고 어떻게 여자 친구 베키와 함께 모험을 떠났는지를 신나게 이야기했다. 가끔은 연속극처럼 직접화법으로…. 담임 선생님이 이걸 보더니 그러면 그렇지 하는 표정으로 칭찬했다.

"정욱이가 옛날이야기를 참 잘하는구나."

아이들이 조용해지는 것을 보고 나는 가슴이 설레었다. 자리로 돌아온 나는 속으로 나를 칭찬했다.

'와, 이건 멋진 걸. 나 정말 잘했어'

남 앞에 나서서 이야기하는 게 약간 두렵기도 했지만 그 두려움은 자존감이 올라가는 것에 비하면 아무것도 아니었다. 그 뒤로 툭하면 선생님은 나를 아이들 앞에 세웠다. 이야기를 하라는 거다. 그 때마다 나는 읽었던 수많은 책들을 소개했다. 칭찬도 이어졌다. 심지어는 옆 반에서 나를 데려다 자기 반 아이들 이야기해 달라는 담임 선생님들도 있었다. 심지어 나는 학예회 때 앞에 나가서 동화구연까지 했다.

몇 명만 모여도 재미있는 이야기를 해 주는 건 사람들을 집중하게 하는 놀라운 힘이 있었다. 스토리텔링의 위력이다. 스토리텔링을 어렸을 때부터 하게 되니 어느 순간 떨리지 않게 되었고, 나는 나 자신을 말 잘하는 아이라고 스스로 칭찬해 줄 수 있게 되었다. 작은 성공을 경험한 거다. 그러니 뽑기 장수 아저씨에게 내가 말주변이 좋다고 자신 있게 말할 수 있었다.

하지만 우리 인간은 항상 위기와 함께 살게 되어 있다. 뜻했던 일이 계속 이어져 나가는 법은 절대 없다. 친구들이 4학년, 5학년이 되자 더 이상 나는 아이들 앞에 나와서 동화구연을 할 수 없게 되었다. 어리석은 줄로만 알았던 아이들도 책을 읽기 시작했기 때문이다. 여기저기서 내가 이야기할 때는 손을 드는 거다.

"야, 그 이야기 나 읽었거든. 다른 이야기 좀 해 줘."

"나 그 책 봤어."

한 반 80명이 넘는 콩나물 교실에서 아이들과 나 혼자 붙어서 그 누구도 읽지 않은 책 이야기를 하기는 정말 힘든 거다. 한번도 듣지 못한 새로운 이야기만이 힘이 세다는 사실을 그때 처음 알았다. 아이들은 어느새 나에 대한 집중을 거두었다. 자기들끼리 장난치고 떠들었다. 순간 나의 권위는 무너졌다. 바벨탑이 붕괴된 느낌이었다. '우리들의 일그러진 영웅'이 교실을 뛰쳐나간 셈이다. 그 어떤 답도 나의 무너진 참담한 심정에서 헤어 나오지 못하게 했다. 나는 고민을 하기 시작했다.

그때 다른 아이가 손을 들고 외쳤다.

"야, 재민이가 이야기해 보라고 그래. 재민이 이야기가 정욱이보다 더 재미있어."

재민이는 옆 반의 까불거리는 아이였다. 수다스러운 녀석이었는데 옆 반 담임 선생님이 품앗이처럼 재민이를 우리 반으로 보냈다. 나는 뜻하지 않게 나타난 경쟁자를 보고 아연 긴장할 수밖에 없었다. 그리고 외인부대 용병처럼 우리 교실에 와서 입을 연 녀석의 이야기에 귀를 기울였다.

　하지만 들어보니 녀석의 이야기라는 건 정말 말도 안 되는 엉뚱한 것들이었다. 되지도 않은 이야기를 만들어내서 떠들어대는 것이 아닌가. 내가 알고 있는 동서고금의 고전 명작 이야기가 아니었다. 아무 얘기나 뒤섞어 내뱉는 것이 마치 귀족과 평민의 수준차이라고나 할까.

　나는 그때 새롭게 하나 깨닫게 되었다.

　'응, 저런 만들어낸 이야기에 아이들이 반응한다 이거지?'

　다음에 나에게 이야기할 기회가 왔을 때 나는 그걸 놓치지 않았다. 당당하게 앞에 나서서 새로운 이야기를 시작했다. 그때부터 이야기를 창작하기 시작한 거다. 물론 나의 첫 창작은 기존의 여러 이야기들을 응용하고 짜서 붙이는 유치한 수준이었다.

　"얘들아, 달나라에 어느 날 로빈슨 크루소가 간 거야. 그곳에서 너무 배가 고픈 로빈슨은 토끼들을 잡아먹겠다고 쫓아갔는데 그만 토끼들이 절굿공이로 로빈슨을 두들겨 팼어. 히히."

　"아, 정말 웃겨!"

　말도 안 되는 이야기지만 아이들은 역시 재미있어 했다. 우리 반의 이야기 권력은 나에게 다시 돌아왔다. 남 앞에서 이야기할 수 있는 힘. 누군가를 집중시키는 능력. 그것은 권력이었다. 아이들이 나의 이야기에 집중하고 말도 안 되는 엉터리 스토리를 재미있다며 배꼽을 잡는 것을 보면서 나는 나를 다시 칭찬했다.

'잘했어. 이제는 새로운 이야기를 만들어내서 들려주면 되겠어.'

아이들 앞에서 이야기를 해주면서 나는 점점 말주변이 늘었다. 이야기꾼으로 거듭나게 된 거다. 이런 작은 성공은 계속해서 이어졌고, 큰 성공으로 거듭나게 되었다. 아이들 앞에 나가 이야기를 만들어내서 전달해 주던 그 능력이 훗날 나를 작가로 만들어 줄 줄을 그때는 알지 못했다.

프로필

- 소설가, 동화작가
- 〈가방 들어주는 아이〉, 〈까칠한 재석이〉 외 355권 저서 발간
- 한국어린이청소년도서위원회 운영위원

사막을 걷는 아침

김 부 식

이 길에 길이 없음은
햇살을 신지 못한 새벽이 달려와서이다
어제 흔적 메마르게 남아
모질게 뿌리내린 기억은 부딪치고

허기진 그림자 닿지 못한
굽은 어깨가 시린이여
아침의 뜰에 함께 빵을 굽자

휘청이던 거리에 문이 열리고
구슬픈 노래를 지워가며 내린
님의 노래가 모래바람에 출렁인다
비좁은 내 어깨가 흔들리는 아침이다

고향가기

초대 없어도 걷던 길
누구랑 갔는지
가로등 하나 없는 주파길에
달빛만 기억을 한다

교회종소리 가득한 날이면
손 시린 아이들 화롯가에 모여들고
바위에 부딪친 선율만 출렁이던 날

손바닥만 한 연못이 얼고
썰매 타던 아이들 퍼런 꿈
골바람이 내려와 휩쓸어 갔다

허락 없이 떠난 친구가
산을 지키고 있다
내 고운 주파는 늘 파랗다

나그네

자작나무 푸른 바람에 누워
여름을 헹군 초록이 하늘을 찌른다
달빛 파묻힌 밤마다 저린 나그네는
언덕 자락에 물든 하루에 비틀거린다

날기 위해 절벽을 오른
고단한 가슴은 혼자여서 여위고
길마다 저린 숨결로 헐떡이는데
흘레바람 내리쳐도 차돌만큼 야무지다

두껍게 내려앉은 갈색 낙엽길에
그리움 탱탱 불은 마음 허무니
난간에 홀로 선 소나무로
소소리바람만 매섭게 안겨온다

별이 기웃거리는 뜨락에 서서
부서진 달빛 돌담에 울고
능소화 꽃잎 같은 사연
하얗게 돋아난 아직도 그리운 이여

보리밭

저 꼿꼿한 존엄을 보았는가
겨우내 언 정자를 품어 낸 질긴 생식기는 기진하다
좁아진 눈덩이에 불면증으로 낡아진 그대는 허덕이는데
하얗게 달아오른 아침 햇살 짊어진 보리밭이 온통 푸르다
무서리 내린 깊은 농로로 긴 겨울 시린 눈발에 고개 숙인 너
동네 아이들까지 눈을 뜬 그 당당함을 밟았다
일명 보리밟기이다
푸른 대궁에 돋은 가시를 세울 때를 아는 보리밭은 설렘으로 일
렁인다
온통 파랗게 물든 보리밭에 핀 그대의 꿈은 별빛을 파랗게 토해
낸다
거친 꿈을 묻은 밭가랑에 어둑한 그늘이 속절없이 내리어도 물
을 기억하는 보리밭은 풋풋하다
알갱이 하나에 가시 하나 돋아 굴곡진 서릿발이어도
바람 따라 눕고 햇빛 따라 일떠서는 보리밭은 당당하다
온몸으로 전율에 휩싸이는 그날에 산을 응시하며 일떠서리라
돌담에 달이 올라 봄날을 토해낼 푸른 사연이 목마르게 그리웁다
짓밟힐수록 서야 하리니 이 푸른 옷깃을 우뚝 세워야지

낡은 벤치

타인의 슬픔을 오래 배워왔던 자리이다
사무친 가슴이 누렇게 베인 흔적은
지나가는 바람만으로는 지울 수 없다

내 안에 가득한 욕망
투덜대는 길목이 보이면 여기
이렇게 앉아 몰아 쉬어보라
타인이 걷던 숲길에 엎드린 낡은 가락이 들리리니

한동안 모아둔 낯선 시간을 쓰다 보면
아름답도록 외로운 아침이 뛰고
구겨진 고향길에 낡은 달빛이 마중하리라

프로필

- 총신대 작곡전공, MIDWEST대학원 문화인류학 박사
- 한국문인협회, 한국기독교문인협회, 국제PEN 한국 정회원
- 한국서예신문대전 한국화부문 대상, 초대작가
- 사)국제韓문화예술협회 대표 및 국제고려문화예술학교 교장
- 하베스트대학 문화예술대학원 원장, 선교문학 지도교수

2024년 제2회 문장 예술가상 수상작품

문장(ST)예술가상

수상자: 오만환 시인

개의 말씀

식파정(息波亭)에서

성묘(省墓)

사람이 하는 일이다

산목련

ST 예술가상을 제정하며

　자본주의 시대를 살면서 자본력은 인간의 삶에 들어와 모든 영역에서 지대한 영향력을 행사한다. 무소유를 주장한 이들도 더러 있었지만. 대다수 인간의 탐심 앞에선 공허한 말장난처럼 들리기도 한다. 그럼에도 불구하고 금권만능주의 시대 모든 유혹에 흔들리지 않고. 자신의 예술세계를 꼿꼿이 세운 채 타협하지 않고 그 길을 흔들림 없이 걸어간 예술가들이 존재했으며. 현재도 도처에서 자신의 영육을 갈아 넣어 고독한 시간을 빚어 나가는 분들이 있다. 2023년 부터 제정 시행하게 된 문장 예술가상은 그런 분들을 위한 상이다. 문장 예술가상은 오랜 전통에 빛나는 도서출판 문장에서. 10여 년 전부터 기획 실행하려고 했으나 여러 이유 등으로 인해 미뤄졌고, 그러다 다시 생각해 보니 더는 미룰 수 없다고 결정. 상금이 없는 상으로 겸허히 시행하기로 했다. 제 2회 수상자는 오만환 시인을 모시기로 했다.

2024년 4월
문장 예술가상 제정위원장
강만수

오만환 시인의 시세계에 관해

　　오만환 시인의 시세계는 주변의 사물에 대한 사랑과 애정으로 그들을 찬찬히 살피고 둘러보며 그것들을 통해서 자신의 사랑을 펼쳐보이는 소박함이 있다 스스로 족함을 알고 있으며 자신의 자아가 시간과 공간을 사랑하고 있으니. 그의 시를 읽는 자 모두 수신제가치국평천하(修身齊家治國平天下)의 첫 단계를 걷지 않을 수 없다. 그렇기에 오만환의 시를 읽으면 편안한 마음이 들고 자신도 모르게 미소가 지어지는 것이리라. 그의 삶인들 왜 갈등이 없겠는가. 하지만 그는 이처럼 세계의 자아화를 통하여 지족을 통해서 세계를 사랑하고 있다. 그야말로 이 세상을 모두 애정으로 바라보며, 각박한 세상을 살고 있는 우리 모두에게 따듯한 애정의 시선으로 너그러움을 배우라고 한 마디쯤 할지 모른다. 만족함을 알라고

　　　　　　　　　　　　　　　　고정욱(소설가, 문학박사)

개의 말씀

오 만 환

큰 개 작은 개 암 수 섞어서
착한 님, 네 마리 키워요
생선 머리를 구하며
네 마리 씩이나 식용으로 키우느냐?
고라니의 침탈로부터 곡식을 지키려는 까닭
소리 높여 변명하다가
좋지요. 함께 웃었다

먹이도 그렇고 욕심이 많다
정이 들면 어쩌려고
잔소리는 어느 때 성화(聖火)가 되고
덕택에 밤 새워
책을 읽기도 하였다
개의 마음 속, 인의예지신(仁義禮智信)
인물성동이론, 호락논쟁

귀를 막고 병원에 갔다
내 마음 나보다 잘 알아서
웃게 하는 저 녀석들

아프면 아니 된다
약 봉투를 밝히는 개의 말씀
꾸중하거나
때리기 전에, 꼭 생각해주세요

저랑 소통을 충분히 잘 하셨는지요?
저에게는 물 수 있는
튼튼한 이빨이 있습니다
그러나 주인을 물지는 않습니다

수명은 짧지만
끝까지 함께 하고 싶어요
그러니 주인님!
외출하시더라도
그 시간을 최소로 해주십시오
간절히 부탁드려요
그곳에 시(詩)가 있어서
나를 울렸다

식파정(息波亭)에서

강바람에 얼굴을 씻으려
달려서 갔다
황톳길에 빙빙 비잉
미끄럼을 탔다
차(車) 놈은 두고 가야지
큰 소나무가 손을 잡는다

쌀 풍년에 돈 가뭄이라니
엽돈재에 물어보게
정자도 피난 가시나요
멍심이(명암리)가 어디인가?
야들야들, 바람의 긴 지느러미
풀들을 간지럽히고
양업 신부님 쪽잠을 깨우는가

살구나무 우물도 묻히고
싸이폰식 물 폭포
그 장관 다 떠내려갔어도
돌 벙거지 쓰다듬는
저 아낙

숯가마에 연기 나네

최명길 대감 무릎 꿇은 아픔이며
우암 송시열, 봉암 채지홍
흙 다시 만져보자 위당 정인보 선생
산맥도 어깨를 낮춘다
여기는 진천, 잣나무 골
외로움이 사람을 키운다
멧새가 함묵의 시를 읊네

* 식파정(息波亭): 1616년(광해군 8) 이득곤(李得坤)이 진천읍 두건리
  앞 냇가에 세운 정자로 앞면 2칸 옆면 2칸의 팔작지붕 목조 기와집이
  다. 1983년 백곡저수지를 확장하면서 두건리가 수몰되자 지금의 자
  리로 옮겨 세웠다. 처음 정자를 세울 당시의 두건동은 시인 묵객들에
  게 무릉도원의 절경을 연상하게 하는 독서지소(讀書之所)로 이름이
  높았다

성묘(省墓)

덕택에 잘 살고 있습니다
이웃들도 잘 계시냐
아픈 사람들도 있고
그렇지. 살아서 손잡아 드리고
오상(五常:인의예지신) 잊지 말거라
덥거나 춥지 않으세요
바람 불어서 시원하고
눈 이불도 폭신하지 않더냐

순금 보다 좋다는 지금
그 말은 참이다
개똥밭에 굴러도 이승이 좋다
그러나 죽으면 끝이다
그 말은 그냥 돌아다니는 말(馬)이요
말(言)일 뿐이다
솔가지에 앉은 저 새들
높은 산 하늘을 향한 날갯짓

자식을 옆구리에 끼고
손자를 업고 있어도

가볍기만 하더라
영혼이 노니는 여기는 말이다
드문 드문 나도민들레
도라지 나리꽃 구절초
기다리면 오더라
경계도 없고 고단하지 않더라

사람이 하는 일이다

우주시 교육문화특구
진천 백곡면 성대리
폐교 터, 도예촌
밥 짓는 냄새 구수하다
5월, 풀꽃이 웃고
써래질한 논에서 물이 춤춘다
숯가마는 어디인가
할아버지도 눈을 뜨셔서
허리 펴시며 안아 주실까?

성(城)이 없어도
크고 작은 난리를 잠재웠던 사람들
사물놀이와 아리랑
얼쑤! 좋다 잘한다
살갗이 아파도 배가 고파도
한마당 소리에 맞춰
줄 높이 솟구쳐야 한다

사람이 하는 일이다
잣나무를 베어낸 것도

떠나가게 한 것도

나비 틀고 차를 몰아

아시아 꽃향기 따라 날아들게 하는 것도

그렇다

고개를 넘고 아리랑 아라리요

하늘 우러러

사람이 하는 일이다

산목련

편지 그만 보내세요

풀과 흙 내음

육산(肉山)이지만

돌 언덕

바람이 너무 좋아요

흘렸다 생각 말고

골짜기로 쭉 –

올라오세요

오빠!

 프로필

- 충북 진천 출생
- 1982년 〈우리 함께 사는 사람들〉 동인
- 1988년 예술계 신인상 등단
- 시집 〈칠장사 입구〉 〈서울로 간 나무꾼〉 〈작은 연인들〉
- 시평집 〈식탁 위에 올라 온 시〉,
- 중국어판 시와 시평집 『自然與倫理』
- 농민문학 작가상, 산(山)문학상, 충북예술상(창작부문)